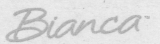

Bianca™

D0611054

Melanie Milburne
Cicatrices indelebles

HARLEQUIN™

Editado por HARLEQUIN IBÉRICA, S.A.
Núñez de Balboa, 56
28001 Madrid

© 2013 Melanie Milburne
© 2014 Harlequin Ibérica, S.A.
Cicatrices indelebles, n.º 2282 - 15.1.14
Título original: Never Underestimate a Caffarelli
Publicada originalmente por Mills & Boon®, Ltd., Londres.

I.S.B.N.: 978-84-687-3939-7
Depósito legal: M-30304-2013
Editor responsable: Luis Pugni
Fotomecánica: M.T. Color & Diseño, S.L. Las Rozas (Madrid)
Impresión en Black print CPI (Barcelona)
Fecha impresion para Argentina: 14.7.14
Distribuidor exclusivo para España: LOGISTA
Distribuidor para México: CODIPLYRSA
Distribuidores para Argentina: interior, BERTRAN, S.A.C. Vélez
Sársfield, 1950. Cap. Fed./ Buenos Aires y Gran Buenos Aires,
VACCARO SÁNCHEZ y Cía, S.A.

Capítulo 1

Y A SABES que nunca trabajo con pacientes masculinos –dijo Lily a su jefa en la clínica de rehabilitación y fisioterapia del sur de Londres.

–Lo sé, pero esta es una gran oportunidad –dijo Valerie–. Raoul Caffarelli es multimillonario. En cuatro semanas en Normandía ganarás más que en todo el año. No puedo enviar a otra persona. Además, su hermano insistió mucho en que fueras tú. Al parecer, Raoul no quiere ayuda de nadie, se ha convertido en un solitario desde que salió del hospital. Su hermano mayor, Rafe, se enteró del gran trabajo que hiciste con la hija del jeque Kaseem al-Balawi, y quiere que te ocupes de su hermano. Está dispuesto a pagar cualquier precio que le digas.

Lily se mordió el labio inferior. No podía permitirse el lujo de despreciar el dinero ahora que su madre atravesaba una mala situación después de que su última pareja sentimental le hubiera dejado la cuenta corriente a cero. Pero convivir con un hombre las veinticuatro horas del día, aunque estuviera en una silla de ruedas, podía convertirse para ella en una auténtica pesadilla.

Llevaba más de cinco años sin estar con un hombre.

–No voy a aceptar el trabajo –dijo Lily, volviéndose para sacar del cajón de la mesa el historial de otro paciente–. Tendrás que buscarte a otra persona.

–Me temo que los hermanos Caffarelli no son de los que aceptan fácilmente un no por respuesta. Rafe quiere que Raoul sea su padrino de boda en septiembre y está convencido de que tú eres la persona indicada para conseguir que su hermano vuelva a andar.

Lily cerró el cajón y se volvió hacia su jefa.

−¿Quién se piensa que soy? ¿Cree que hago milagros? Es posible que su hermano nunca pueda volver a andar, y mucho menos en unas semanas.

−Lo sé, pero al menos podrías intentarlo −dijo Valerie−. Es un trabajo que muchos querrían. Una estancia en un castillo en Normandía, con todos los gastos pagados. Acéptalo, Lily. La clínica ganaría mucho prestigio. Es justo lo que necesitamos para afianzar nuestra fama tras el éxito que conseguiste con la hija del jeque. Seríamos conocidos como la clínica naturista de la gente rica y famosa. Todo el mundo querría venir aquí.

Lily tragó saliva. El corazón le latía con fuerza, como si acabara de subir al último piso de un rascacielos por las escaleras. Trató de buscar una vía de escape, pero, cada vez que se le ocurría alguna, la veía bloqueada por la necesidad de ayudar a su madre y por la lealtad a su jefa.

−Tendré que ver las pruebas del señor Caffarelli y sus informes médicos. Quizá no pueda hacer nada por él. No me gustaría crearle falsas esperanzas.

−Rafe me envió toda su documentación por correo electrónico −dijo Valerie−. Te la reenviaré.

Lily examinó la información, unos minutos después, en su despacho. Raoul Caffarelli tenía una lesión medular a consecuencia de un accidente de esquí acuático. Había sufrido también una fractura en el brazo derecho. Conservaba una cierta sensibilidad en las piernas, pero era incapaz de sostenerse en pie sin algún tipo de ayuda. Los médicos opinaban que era poco probable que volviese a andar, aunque esperaban alguna ligera mejoría en su movilidad. Sin embargo, ella había conocido algunos casos similares y no quería dejarse influenciar por los informes.

La evolución de un paciente dependía mucho del tipo de lesión, así como de su actitud y de su estado general de salud.

A Lily, le gustaba combinar las terapias tradicionales, como la rehabilitación física, los masajes y la fisioterapia, con técnicas alternativas consideradas menos ortodoxas, como la aromaterapia, los complementos dietéticos y las técnicas de visualización.

Halimah al-Balawi, la hija del jeque, había sido una de sus pacientes estrella. Los neurocirujanos habían pronosticado que nunca volvería a caminar. Había trabajado con ella durante tres meses. La mejoría había sido muy lenta al principio, pero luego Halimah había conseguido dar sus primeros pasos en las barras paralelas y había seguido mejorando hasta ser capaz de caminar por sí sola sin ninguna ayuda.

Lily se echó hacia atrás en la silla y se mordió la uña del meñique. Para cualquier otra persona, sería un sueño poder trabajar con un millonario famoso como Raoul Caffarelli. Ninguna mujer en su sano juicio rechazaría una oportunidad como esa.

Para ella, sin embargo, sería una verdadera tortura.

Sintió náuseas solo de pensar en la idea de tener que poner las manos en el cuerpo de un hombre. Masajear su carne, acariciar sus músculos, sus tendones... Tocarlo.

Sonó en ese momento el teléfono móvil que tenía sobre la mesa. Respondió a la llamada al ver la foto de su madre en la pantalla.

–Hola, mamá. ¿Estás bien?

–Cariño, siento tener que molestarte en el trabajo, pero los del banco llevan telefoneándome todo el día. Dicen que me van a embargar la casa si no pago las tres últimas mensualidades de la hipoteca. Traté de explicarles que fue Martin quien desvió los fondos de mi cuenta, pero no quisieron escucharme.

Lily sintió que le hervía la sangre al recordar cómo

su madre había sido estafada por un hombre al que había conocido a través de un servicio de citas *online* por Internet. Era consciente de que ella no era quién para juzgar a su madre. También le había pasado algo parecido la noche de su vigésimo primer cumpleaños. Era evidente que su madre había confiado como una estúpida en su nueva pareja, y ahora estaba pagando las consecuencias. Ese indeseable había accedido a la cuenta de su madre y se había llevado todos sus ahorros.

Parecía que el destino quería ponerla a prueba. ¿Cómo iba a renunciar ahora a ese trabajo cuando su madre necesitaba urgentemente el dinero? Su madre la había apoyado en los momentos más difíciles. Especialmente, tras los días tan terribles de aquel cumpleaños en que había estado al borde de la desesperación, sumida en un agujero negro de angustia y falta de autoestima. Estaba en deuda con su madre. Tenía que hacerlo por ella.

Después de todo, sería solo un mes. Cuatro semanas. Treinta y un días.

Aunque sabía que a ella le parecería una eternidad.

—No te preocupes, mamá —replicó Lily—. Tengo un nuevo paciente. Estaré en Francia durante todo el mes de agosto, pero le pediré que me pague por adelantado. Eso solucionará el problema con el banco. No temas, no vas a perder la casa mientras yo pueda impedirlo.

—Te dije que quería estar solo —dijo Raoul a su hermano con el ceño fruncido.

—No puedes pasarte el resto de la vida encerrado aquí, como un recluso. ¿Qué es lo que te pasa? ¿No ves que es una gran oportunidad, tal vez la única, de conseguir tu recuperación?

Raoul giró la silla de ruedas para enfrentarse a su hermano. Sabía que su intención era buena, pero la idea de tener que ponerse en manos de una joven inglesa con sus métodos más que heterodoxos era una condena para él.

–Los médicos italianos más eminentes han dicho que mi evolución es todo lo buena que cabe esperar dadas mis circunstancias. No necesito que venga esa señorita Archer a hacernos perder el tiempo y el dinero, dándonos falsas esperanzas con sus soluciones mágicas.

–Raoul, sé que aún te duele que Clarissa rompiera vuestro compromiso, pero no puedes proyectar tu resentimiento contra todas las mujeres solo porque ella...

–Esto no tiene nada que ver con Clarissa –replicó Raoul, girando la silla para darle la espalda.

Rafe le dirigió una mirada que parecía decirlo todo.

–Ni siquiera estabas enamorado de ella. Solo pensabas que cumplía todos tus requisitos. Pero el accidente sacó a la luz la realidad de vuestra relación. Creo que tuviste suerte quitándote a tiempo la venda de los ojos. Poppy opina lo mismo.

–¿De verdad crees que he tenido suerte? Mírame, Rafe. ¡Estoy atrapado en esta silla! Ni siquiera puedo vestirme solo. No insultes mi inteligencia diciéndome que he tenido suerte.

–Lo siento, tal vez no elegí bien las palabras –dijo Rafe, pasándose la mano por el pelo–. ¿No quieres, al menos, conocerla? Dale una oportunidad. Ponla a prueba una semana o, si quieres, solo un par de días. Si no funciona, lo dejas. Tú serás el que decida si se queda o no.

Raoul giró la silla en dirección a la ventana para mirar sus caballos purasangres pastando en las praderas. Ni siquiera podía caminar por la hierba y acercarse a ellos para acariciarles el lomo o las crines. Estaba atrapado en aquella maldita silla, atrapado en su propio cuerpo, en el cuerpo que en los últimos treinta y cuatro años lo había definido como una persona, como un hombre. Los médicos le habían dicho que podía considerarse afortunado. Aún tenía alguna sensibilidad en las piernas y conservaba íntegras las funciones intestinales y urinarias. Se suponía que también las sexuales, pero ¿qué mujer querría estar con él ahora?

La propia Clarissa se lo había dejado bien claro.

Él quería volver a tener su cuerpo y su vida de antes.

¿Podía esa mujer que Rafe le estaba proponiendo obrar ese milagro? No. Probablemente, sería solo una charlatana, una farsante. No quería que nadie le diera falsas esperanzas. Lo que necesitaba era recapacitar, reflexionar unos días en el castillo para asumir su estado actual y decidir cómo iba a ser su vida de ahora en adelante. Aún no estaba preparado para enfrentarse al mundo. Le ponía enfermo pensar en los paparazzi persiguiéndolo para conseguir sacarle un foto en la silla de ruedas. Lo único que quería era que lo dejaran solo.

—Solo un mes, Raoul —dijo Rafe en voz baja—. Por favor, inténtalo.

Raoul sabía que sus dos hermanos estaban preocupados por él. Remy, su hermano menor, había estado allí el día anterior y había hecho todo lo posible para infundirle ánimos, como si fuese una versión masculina del personaje de Pollyanna. Su abuelo, Vittorio, no había estado tan amable, pero no se lo había tomado en cuenta. Sabía que él era así.

—Me gustaría disponer de una semana o dos para pensarlo.

Se produjo un silencio tenso. Raoul giró la silla de nuevo y se estremeció al ver la expresión dibujada en los ojos castaño oscuro de su hermano.

—No dispones de tiempo —dijo Rafe—. Te está esperando en el salón.

Raoul soltó una sarta de obscenidades en francés, italiano e inglés. Sintió una rabia feroz corriendo por sus venas como si se tratase de un veneno de acción rápida. Nunca se había sentido tan impotente en la vida. ¿Por quién le tomaba su hermano? ¿Pensaba acaso que era un niño pequeño que no tenía uso de razón para decidir por sí mismo?

Aquella casa era su santuario. Ninguna persona entraba allí sin que él la invitase expresamente.

–Baja la voz –dijo Rafe–. Podría oírte.

–Me da igual. No me importa que me oiga. ¿A qué demonios estás jugando, Rafe?

–Estoy tratando de ayudarte, ya que tú no pareces querer ayudarte a ti mismo. No soporto verte ahí sentado, cabizbajo, sin querer hablar con nadie ni salir siquiera a la calle. Parece como si te hubieras dado por vencido. No puedes rendirte, Raoul. Tienes que sobreponerte.

–Saldré a la calle cuando pueda hacerlo por mi propio pie. No tenías derecho a traer a esa mujer aquí sin mi permiso. Esta es mi casa. Échala.

–Ya está alojada aquí –replicó Rafe–. La he pagado por adelantado y ahora no puedo volverme atrás. Fue una de las condiciones que puso en el contrato para aceptar el trabajo.

Raoul puso los ojos en blanco sin poder dar crédito a lo que estaba oyendo.

–¿No te dice eso la clase de mujer que es? Por el amor de Dios, Rafe, pensé que tendrías más sentido. Esto no es más que un robo de guante blanco. Espera y verás. Se irá en un par de días con cualquier pretexto a disfrutar tan ricamente del dinero que tiene en el banco.

–La señorita Archer viene con muy buenas referencias. Está muy capacitada y tiene mucha experiencia.

–Sí, de eso no me cabe duda –replicó Raoul con un gesto despectivo.

–Te dejaré solo un rato para que vayas familiarizándote con ella. Tengo que ir con Poppy a ultimar los detalles de la boda. Quiero que estés allí, Raoul, con silla o sin ella. ¿Entiendes?

–No pienso asistir a esa boda en una silla de ruedas como si fuera una atracción de circo. Pídele a Remy que sea tu padrino.

–Ni lo sueñes. Ya sabes cómo es. Llegaría tarde o se le olvidaría presentarse a la boda si encontrase por el camino alguna chica de su gusto. Quiero que seas mi padrino. Poppy es de la misma opinión. Así que compórtate con la señorita Archer y no me decepciones –dijo Rafe, camino de la puerta–. Te llamaré en un par de semanas para ver cómo van las cosas. *Ciao*.

Lily estaba sentada en el salón, sujetando el bolso con fuerza. Tenía las manos heladas, a pesar del día tan caluroso que hacía. Había oído unos gritos y, aunque no dominaba muy bien el francés ni el italiano, había entendido lo suficiente como para saber que Raoul Caffarelli no se sentía muy feliz con su presencia allí. Era una ironía. Ella también estaba allí a disgusto. Pero, con el dinero que ganase, podría afrontar los pagos de la hipoteca de su madre.

Su preocupación empezaría cuando se quedase sola en ese enorme castillo con un hombre al que nunca había visto antes. Sería como protagonizar una película de terror. Sintió un sudor frío en la frente y en las palmas de las manos, y un nudo en la boca del estómago. Estaba presa de pánico. Apretó con fuerza las rodillas para que no se le notase el temblor de las piernas.

La puerta del salón se abrió y Rafe Caffarelli apareció con una mirada sombría en el rostro.

–Está en la biblioteca. Trate de no dejarse intimidar por su hostilidad. Se volverá más amable conforme la vaya conociendo. Sea comprensiva, está pasando por un mal momento.

Lily se levantó de la silla y se puso el bolso sobre el pecho a modo de escudo.

–Sí, lo comprendo –dijo ella, pasándose la lengua por los labios–. Debe de ser muy difícil para él...

–No quiere hablar con nadie. Parece encerrado en sí mismo. Nunca lo había visto así. Siempre ha sido bastante testarudo, pero lo de ahora supera todo lo imaginable.

–Hay que darle tiempo. Algunas personas necesitan meses para aceptar lo que les ocurrió. Otros nunca llegan a aceptarlo.

–Lo quiero en mi boda. No me importa si tenemos que llevarlo a rastras o a empujones.

–Veré lo que puedo hacer –dijo ella–. Pero no puedo prometerle nada.

–Dominique, el ama de llaves, la ayudará con cualquier cosa que necesite. Le enseñará su habitación cuando termine de hablar con Raoul. Hay un chico llamado Sebastien que viene todas las mañanas a ayudar a mi hermano a ducharse y a vestirse. ¿Tiene alguna pregunta?

–No, creo que lo tengo todo claro.

Rafe asintió levemente con la cabeza y mantuvo la puerta abierta para que ella pasase.

–Perdone que no la acompañe a la biblioteca, pero creo que será mejor que la deje a solas con él. En estos momentos, disto mucho de ser la persona favorita de mi hermano.

La biblioteca tenía un ambiente mucho más oscuro y sombrío que el salón en el que había estado. Tenía solo una ventana que dejaba pasar la luz a duras penas. Tres de las paredes estaban cubiertas de arriba abajo con estanterías llenas de libros. Había un gran escritorio forrado de cuero, con una bola del mundo a un lado. Lily tuvo la sensación de estar retrocediendo en el tiempo al percibir el olor de los pergaminos, los libros viejos, el cuero y la cera de los muebles.

Pero su mirada se dirigió inmediatamente, como atraída por un imán, hacia la figura silenciosa que estaba sentada detrás del escritorio. Raoul Caffarelli era tan increíblemente atractivo como su hermano mayor. Tenía el pelo negro y brillante, la piel aceitunada y una mandíbula poderosa que denotaba su carácter dominante. Sus ojos eran dorados, casi de color miel con manchas verdes, y la estaban mirando ahora con una expresión de ira apenas contenida.

–Me disculpará si no me levanto –dijo él a modo de saludo con un tono seco y cortante.

–Por supuesto.

–Supongo que, a menos que tenga problemas de audición o sea muy estúpida, se habrá dado cuenta de que no me agrada en absoluto su presencia aquí.

Ella alzó la barbilla, decidida a no dejarse intimidar o, al menos, a disimularlo.

–No tengo ningún problema de audición ni soy ninguna estúpida.

Él se quedó mirándola un buen rato. Lily podía ver su herencia franco-italiana en sus facciones y en su porte. Conservaba un cierto orgullo aristocrático en la forma de mirar y de desenvolverse, pese a estar en una silla de ruedas. Era un hombre bastante alto, mediría entre uno ochenta y cinco y uno ochenta y ocho, y, por su aspecto, debía de haber hecho mucho deporte antes del accidente. Podía adivinarse la musculatura de su pecho y de sus brazos a través de la camisa. Tenía un brazo escayolado. Aunque estaba recién afeitado, la sombra de sus mejillas evidenciaban el vigor de sus hormonas masculinas. Su nariz era un poco más aguileña que la de su hermano y tenía unas arrugas en la cara que le daban un aspecto demacrado como si hubiera perdido peso últimamente. A pesar de su rictus de tristeza y amargura, su boca tenía un indudable atractivo. Se preguntó cómo sería cuando sonriese.

Trató de apartar esos pensamientos. No estaba allí

para hacerle sonreír, sino para hacerle caminar y, cuanto antes se pusiese manos a la obra, antes podría marcharse de allí.

–Supongo que mi hermano le habrá puesto al corriente de todos los detalles macabros de mi estado, ¿no? –dijo Raoul, clavando los ojos en ella con expresión inquietante.

–He visto sus pruebas y he leído detenidamente todos los informes médicos.

–¿Y? –exclamó él, alzando una ceja casi con gesto acusador.

–Creo que puede valer la pena ensayar algunos de mis métodos. Han probado su eficacia con clientes que tenían lesiones similares a la suya.

–¿Y puede saberse cuáles son esos métodos? –preguntó él, con una mueca burlona–. ¿Impregnarme de incienso? ¿Recitarme mantras? ¿Leerme el aura? ¿O imponerme las manos?

Lily sintió un ataque de ira. Estaba acostumbrada a que la gente menospreciase sus tratamientos naturistas, pero ese tono sarcástico y despectivo le sacaba de quicio. Le gustaría ver la cara que pondría si al final conseguía hacerle andar con sus métodos.

–Uso una combinación de terapias tradicionales y alternativas. Dependiendo del caso.

–¿Dependiendo de qué?

–Del paciente. De su dieta, su estilo de vida, su horario de dormir, su estado mental y...

–Déjeme adivinar... le lee las cartas del tarot y le analiza el signo del zodiaco.

Lily apretó los labios para no proferir ninguna inconveniencia. El paciente que tenía delante era, probablemente, el hombre más grosero que había conocido nunca. Y además era arrogante. Sin duda, era un hombre mimado por la vida, un playboy al que le habían servido todo en bandeja de plata. Su actitud de víctima era la típica de alguien que nunca había tenido que enfrentarse a ningún problema. Conocía a muchos pacientes en peores circunstancias que las suyas. Al menos, él tenía dinero para pagarse cualquier tratamiento y una familia que le cuidase. ¿No se daba cuenta de que mientras él estaba en su castillo sintiendo lástima de sí mismo, había gente en el mundo sin un hogar, pasando hambre y sin nadie que se preocupase de ellos?

—Soy tauro, por si le sirve de ayuda –dijo él.

—Eso explica su obstinación.

—Puedo ser muy testarudo. Pero sospecho que usted también puede serlo.

—Yo lo llamo perseverancia. Nunca renuncio a nada sin haber puesto antes todos los medios.

Él tamborileó con los dedos de la mano izquierda sobre el reposabrazos de su silla de ruedas.

Lily sintió de nuevo su mirada escrutadora. ¿Estaría comparándola con las mujeres con las que había salido? Si era así, la encontraría muy poca cosa. No solía maquillarse ni vestirse nunca de forma llamativa. Llevaba ropas sencillas que ocultaban su figura y su pasado.

—No sé qué podríamos hacer para intentar llevarnos bien –dijo Raoul.

—Puedo asegurarle, señor Caffarelli, que no voy a permitir que me ponga un solo dedo encima.

—Está bien, está bien –replicó Raoul, arqueando una ceja–. Parece que la recatada señorita Archer tiene un aguijón en la cola. ¿Es escorpio?

—Virgo –respondió ella, apretando los dientes.

—Detallista, puntillosa, pretenciosa...

—Responsable, diría yo.

Raoul esbozó un atisbo de sonrisa. Su expresión se hizo tan atractiva que Lily tuvo que hacer un esfuerzo para recordar que tenía que respirar.

Sin embargo, la media sonrisa se borró casi tan deprisa como había aparecido.

–He recibido un montón de sesiones de fisioterapia y no han servido de nada, como puede ver. No creo que pueda hacer más de lo que ha hecho ya otra gente más cualificada que usted.

–Es aún pronto para afirmar nada. El cuerpo necesita meses, a veces, años, para recuperarse.

–¿No me estará insinuando, señorita Archer, que voy a tener que aguantar sus servicios durante años? No. No creo que dure a mi lado más de uno o dos días, tres a lo sumo. Luego quedará libre con una bonita suma de dinero en el banco. Conozco muy bien a las de su clase, viven de aprovecharse de la gente desesperada. Usted no tiene nada que ofrecerme, y los dos lo sabemos.

–No es verdad, creo que puedo ayudarlo –dijo Lily–. Está en una etapa crítica de su recuperación. Necesita supervisión constante y ejercicio físico controlado...

–¿Supervisión? No soy ningún niño al que haya que estar vigilando mientras juega en el parque.

–Yo no he dicho eso. Solo quería decir que tiene que...

–No necesito su ayuda. No se la he pedido. Sé lo que tengo que hacer y prefiero hacerlo solo. Por el bien de los dos, lo mejor será que regrese a Londres en el primer vuelo que encuentre.

Lily trató de sostener su mirada dura como el diamante, que parecía cargar el aire de electricidad. Podía sentir incluso su efecto en la piel, como si esas corrientes invisibles fluyeran por sus venas igual que si le hubieran puesto una inyección de adrenalina.

–¿Se da cuenta de la pérdida económica que supondría para su hermano el que yo me fuera ahora? No hay ninguna cláusula de devolución en caso de rescisión de mi contrato.

–El dinero de mi hermano no es de mi incumbencia –replicó él con un gesto de desdén.

Lily se quedó sorprendida al escucharlo. ¿Realmente

estaba dispuesto a renunciar a una cantidad de dinero que la mayoría de la gente ni siquiera ganaría en un año? Pero no solo era cuestión de dinero, sino de ética profesional. La idea de que él pensara que estaba deseando tomar el dinero y salir corriendo le hacía reafirmarse en su decisión de quedarse. Dadas las influencias de los Caffarelli, su marcha podría empañar seriamente la reputación de la clínica.

Además, le intrigaba su reticencia a la rehabilitación. No podía entender que renunciase a mejorar su movilidad y, menos aún, que aceptase quedarse para siempre en un silla de ruedas.

Él estaba en muy buena forma física y eso era siempre un factor muy positivo en todo proceso de rehabilitación. Pero su estado de ánimo daba a entender que aún no había asumido lo que le había pasado. Le recordaba a uno de esos lobos solitarios que se alejaba de la manada para lamerse las heridas mientras nadie lo miraba.

Pero ¿acaso no había hecho ella lo mismo hacía cinco años?

–No tengo forma de ir al aeropuerto, ahora que su hermano se ha ido.

–Me encargaré de que uno de los mozos la lleve.

–No pienso irme.

–No la quiero aquí –exclamó él sin mover un solo músculo de la cara.

–Eso ya lo ha dejado bastante claro –dijo Lily de mal humor–. No esperaba que me recibiera con una alfombra roja, pero sí de forma más civilizada. ¿O es que el hecho de ser asquerosamente rico significa que puede actuar como un patán y hacer lo que le venga en gana?

Raoul le dirigió una mirada fría y penetrante.

–Mi hermano no tenía derecho a traerla aquí sin mi permiso.

–¿Y por eso quiere deshacerse de mí? ¿Cree que eso

es justo? He hecho un largo viaje, estoy cansada y hambrienta y, en cuanto pongo un pie en este lugar, me encuentro con un hombre amargado y resentido porque no puede hacer algunas de las cosas que acostumbraba a hacer. Debería estar satisfecho de tener un techo seguro y una familia que le quiere, por no hablar de todo el dinero que posee.

Él la miró con unos ojos tan fríos como el hielo.

–No quiero verla aquí mañana a mediodía. ¿Me ha entendido?

–Como usted quiera. Yo soy la que sale ganando con su terquedad. Supongo que es su hermano el que pierde con todo esto. Al fin y al cabo, como dice el refrán, lo que fácil viene fácil se va.

Él le dirigió una mirada despectiva, luego pulsó el botón del interfono y habló en francés con su ama de llaves. Lily sintió un escalofrío en la espalda al oír su voz profunda y bien timbrada hablando en aquella lengua tan musical. Se preguntó cómo sonaría cuando no estuviese enfadado y cómo sería su sonrisa cuando estuviese de buen humor.

–Dominique le enseñará la suite de invitados –dijo él–. Ahora iré a prepararlo todo para que la lleven al aeropuerto mañana a primera hora.

El ama de llaves acompañó a Lily a una habitación en el tercer piso, a través de un largo pasillo lleno de valiosas obras de arte y estatuas de mármol que parecían seguirla con los ojos.

–La suite del señor Raoul es esa de ahí –dijo Dominique al pasar junto a una habitación de doble puerta–. No duerme muy bien últimamente, por eso no ha querido que la alojásemos en una habitación que estuviese muy cerca de la suya. Él no era así antes del accidente. La culpa de todo la tuvo su prometida.

Lily se detuvo en seco y frunció el ceño.

–No sabía que estuviera comprometido.

–Ya no lo está. Ella rompió con él cuando estaba en el hospital.

–¡Oh! ¡Eso es terrible!

El ama de llaves suspiró con aire de desdén.

–No me gustó desde el primer día que la conocí. La verdad es que no me ha gustado ninguna de sus amantes. La prometida de su hermano es otra historia. Poppy Silverton es la joven más encantadora que he conocido. El señor Rafe no podía haber encontrado otra mejor. Solo espero que el señor Raoul conozca alguna vez a una mujer como ella.

No era de extrañar que estuviera tan amargado, pensó Lily. No comprendía cómo su exprometida podía haber sido tan cruel como para poner fin a su relación de esa manera. Sin duda, nunca lo había amado realmente. ¿Quién podría abandonar a la persona amada cuando estaba pasando por su peor momento? Amar a alguien significaba estar a su lado tanto en los buenos momentos como en los malos.

Lily siguió al ama de llaves y entraron en la suite. Estaba decorada al estilo francés clásico. La cama de matrimonio tenía una colcha de lino tan blanco como la nieve, ribeteada con una fina cenefa dorada que hacía juego con la pintura de las paredes. Había una cómoda, un armario empotrado y un tocador antiguo con un taburete forrado de terciopelo frente a un espejo ricamente enmarcado. Las ventanas daban a los jardines donde podían verse unos setos cuidadosamente podados y una gran fuente de la que manaba un chorro de agua esplendoroso.

–Espero que se sienta a gusto con nosotros –dijo Dominique–. La cena se sirve a las ocho. No estoy muy segura de que el señor Raoul baje a cenar con usted. No está muy sociable estos últimos días. Se pasa la mayor parte del tiempo en su estudio o en la habitación.

–¿Cómo se las arregla para subir y bajar? No veo ninguna silla elevadora en la escalera.

–Hay un ascensor que va desde la planta baja hasta el cuarto piso –respondió Dominique–. El señor Raoul mandó instalarlo hace unos meses cuando su abuelo vino de visita después de haber sufrido un derrame cerebral. Tampoco se lo agradeció mucho. Vittorio Caffarelli no es una persona muy agradable precisamente. A mí me trataba como si fuera poco menos que basura. Tuve que morderme la lengua más de una vez durante el tiempo que estuvo con nosotros.

Lily había leído en Internet algo acerca de la familia; cómo habían hecho su fortuna, cómo la habían multiplicado con una serie de inversiones muy oportunas y cómo los padres de Raoul habían muerto en un accidente de lancha en la Riviera Francesa cuando sus hermanos y él eran muy jóvenes. Los tres se habían criado con su abuelo, pero habían pasado la mayor parte de su etapa escolar en un internado de Inglaterra.

Raoul había nacido en la opulencia pero había conocido también la desgracia. Y ahora tenía que enfrentarse a la experiencia más dura de su vida. Ella no había leído nada en la prensa sobre su accidente, por lo que se imaginaba que los Caffarelli, con sus influencias, habían logrado evitar que saliera a la luz pública. Pero ¿cuánto tiempo tardaría algún periodista en enterarse y airearla? Sería una gran exclusiva: un hombre rico rechazado por su prometida después de un extraño accidente que lo dejó en una silla de ruedas.

¿Cuánto dinero se podría conseguir vendiendo a la prensa un foto suya ahora? ¿Era por eso por lo que él no quería tener a ningún desconocido en el castillo?

–Es una pena que no se quede todo el mes –dijo Dominique–. Al margen de la fisioterapia, creo que su compañía sería muy beneficiosa para el señor Raoul. Pasa demasiado tiempo solo.

Lily encontró irónico que estuviera ahora deseando quedarse allí cuando, hacía solo unos días, había estado buscando todo tipo de excusas para no aceptar el empleo.

–No puedo obligarle a que acepte mis servicios. Si quiere trabajar conmigo, estaré encantada de hacerlo, pero me pareció que estaba muy decidido a que me fuera.

–Podría cambiar de opinión, *oui?* –dijo Dominique–. Su llegada le pilló por sorpresa. Tal vez recapacite esta noche y vea mañana las cosas de otro modo.

El ama de llaves salió de la habitación. Lily se acercó a la ventana a contemplar los hermosos jardines y campos que se extendían más allá de donde alcanzaba la vista.

Pero el hombre triste y apesadumbrado que había dejado abajo, al que le molestaba su presencia allí, le recordó que en todo paraíso había siempre latente un problema o una tentación.

Capítulo 2

RAOUL había pensado en cenar solo en la habitación aquella noche, pero la idea de pasar una hora o dos con Lily Archer era una gran tentación. Para justificarse, se dijo a sí mismo que era conveniente vigilarla de cerca. ¿Quién sabía lo que podría hacer cuando se quedase sola? Podría robar la plata o llevarse algún objeto de mucho valor mientras nadie la mirase o, lo que era aun peor, podría ser una periodista encubierta que se hubiera hecho pasar por fisioterapeuta para entrar en el castillo y conseguir una exclusiva con la que lanzarse a la fama.

Su belleza encubierta no le había engañado en ningún momento. Probablemente, formaba parte de su estrategia para embaucar a la gente y ganarse su confianza. No llevaba maquillaje, vestía con ropa recatada como si tratara de disimular su figura y llevaba el pelo recogido en un moño.

Sin embargo, sus ojos eran lo que más le había cautivado. Eran de un color azul pizarra y tenían una expresión velada como si estuviera ocultando algo. Según el dicho, los ojos eran el espejo del alma, pero tenía la impresión de que el alma de la señorita Lily Archer era impenetrable.

Se sentó en su silla de ruedas automática. Le molestaba tener que usarla. Le hacía sentirse aún más inválido cada vez que escuchaba el chirrido de sus ruedas. Estaba deseando que le quitasen cuanto antes la escayola del brazo derecho. De esa manera, podría desplazarse usando una silla convencional y mantenerse en forma, al menos de cintura para arriba.

Se contempló un instante en uno de los grandes espejos que había en el pasillo, mientras se dirigía al ascensor. Tuvo la sensación de estar viendo a otro hombre. Parecía como si alguien lo hubiera secuestrado y lo hubiera puesto dentro del cuerpo de otra persona.

Sintió un dolor agudo como si llevara clavado un puñal en el pecho. ¿Era así como iba a quedarse para siempre? No podía soportar la idea de pasar el resto de su vida atrapado en esa silla, soportando que la gente, al pasar, bajase la mirada con aire compasivo o, lo que era aun peor, la apartase como si la visión de su cuerpo le produjera repulsión.

No, él no iba a aceptar una cosa así. Se recuperaría y volvería a ser el de antes. Volvería a andar por su propio pie. Y lo haría como acostumbraba a hacerlo todo: a su manera.

Estaba tomando su segunda copa de vino cuando Lily Archer entró en el comedor. Llevaba un vestido blanco de manga larga un par de tallas mayor de la que le correspondía a su figura delgada y esbelta. No llevaba maquillaje, aunque se había puesto un poco de brillo de labios y un toque de delineador de ojos en sus negras pestañas. Era evidente que tenía mejor aspecto que unas horas antes en la biblioteca. Llevaba el pelo recogido hacia atrás, pero, a la luz de la lámpara del techo, podía ver unas trenzas llenas de vida, de color castaño caoba.

—¿Le apetece una copa? —dijo él, señalando la botella de vino que tenía al lado.

—No, no bebo alcohol. Tomaré un poco de agua... Gracias.

—¡Vaya! ¡Una abstemia! —exclamó Raoul en tono de mofa.

Lily apretó los labios mientras se sentaba a su izquierda. Él contempló sus labios carnosos. ¿Por qué no se había fijado antes en su boca? ¿Tal vez, por la mala iluminación de la biblioteca? Tampoco se había dado cuenta de sus pómulos altos y majestuosos ni de su elegante cuello de cisne y su bonita nariz ligeramente respingona. Tenía unas cejas prominentes y unos ojos profundos que le daban un aire misterioso e intocable. La piel de su cara era tersa y tan blanca como si nunca le hubiera dado el sol.

—No necesito el alcohol para divertirme –dijo ella con una mirada de ingenuidad.

–¿Y cómo se divierte usted, señorita Archer?

–Leo, voy al cine, salgo con mis amigas.

–¿Tiene novio?

–No –respondió ella de forma escueta, tratando de dar por zanjado el asunto.

Raoul bebió un trago de su copa, manteniendo un poco el vino en la boca antes de tragárselo.

–¿Qué problema tienen los hombres de Inglaterra para que una joven como usted prefiera quedarse para vestir santos?

Ella bajó la mirada y comenzó a girar el tallo de su copa vacía entre los dedos.

–No me interesa tener una relación en este momento.

–La comprendo. En eso, coincido con usted –replicó él, apurando su copa.

Ella se quedó mirándolo extrañada. Su expresión había perdido buena parte de su reserva y demostraba una mayor simpatía. Pensó que era un hombre sincero, aunque tal vez su espontaneidad pudiera ser solo producto del alcohol. Se había tomado ya media botella de vino.

–Siento lo de su compromiso –dijo ella–. Ha debido ser muy duro que la ruptura se haya producido en un momento tan delicado para usted.

Raoul se preguntó en qué blog o foro de Internet habría estado husmeando para saber tanto de su vida. Tal

vez Rafe o Dominique le hubieran puesto al tanto de los
detalles de su fracaso con Clarissa. Mentiría si dijera que
no le había molestado que su prometida lo hubiera dejado. Estaba acostumbrado a llevar siempre la iniciativa
a la hora de iniciar o terminar una relación. Tener el control de todo era algo inherente a los Caffarelli. No acep-
taban más normas que las que ellos mismos establecían.

Volvió a llenarse el vaso de vino.

–En realidad, no estaba enamorado de ella.

–Entonces, ¿por qué le pidió que se casara con usted?

–Quería sentar la cabeza y pensé que era el momento.

Ella lo miró como si estuviera hablando en algún
idioma desconocido.

–Pero el matrimonio es algo para toda la vida. Significa amar a una persona y desear estar con ella de
forma exclusiva.

–En los círculos en que yo me muevo, lo más importante es casarse con la persona que mejor se adapte a tu
estilo de vida –replicó él, encogiéndose de hombros.

–Entonces, ¿el amor no juega ningún papel?

–Sí, si tienes suerte, como en el caso de mi hermano
Rafe, por ejemplo. Pero no es obligatorio.

–¡Eso es absurdo! –exclamó ella, echándose hacia
atrás en la silla–. ¿Cómo es posible pensar en casarse
con una persona a la que no se ama?

–¿Cuántas personas conoce que se han casado loca-
mente enamoradas y, sin embargo, se han divorciado a
los pocos años tirándose los trastos a la cabeza? El amor
es algo pasajero. Es mejor elegir a una persona con la que
se tenga algo en común. Clarissa era una mujer muy atractiva, que pertenecía a una clase social parecida a la mía.
Me sentía a gusto en su compañía y era bastante buena en
la cama. ¿Qué más podía pedir?

Ella puso los ojos en blanco y bebió un poco de
agua.

—A la vista de la idea que usted tiene del matrimonio, comprendo que ella rompiera el compromiso. El amor debería ser la única razón para casarse. Cuando se ama a una persona se está dispuesto a apoyarla y a hacer cualquier cosa por ella, tanto en los buenos momentos como en los malos. Ninguna persona debería casarse sin estar enamorada.

—Veo que usted es una romántica de corazón, señorita Archer —dijo Raoul, haciendo bailar el vino dentro de su copa—. Se llevaría muy bien con Poppy, la prometida de mi hermano.

—Debe de ser una persona encantadora.

—Lo es. Rafe puede considerarse muy afortunado por haber encontrado una mujer como ella.

—Pero, por lo que acaba de decir, no cree que su amor vaya a durar mucho, ¿verdad?

—Dije que el amor no es siempre eterno. Pero creo que en su caso lo será. El dinero de mi hermano no significa nada para ella. Ella lo ama por lo que es, no por lo que tiene. Es un caso raro. No es fácil encontrar una mujer que no tenga la idea del dinero grabada en la mente.

—No todas las mujeres son unas cazafortunas —replicó ella visiblemente enfadada.

—¿Por qué le exigió entonces a mi hermano que le pagara por adelantado e incluyese en el contrato una cláusula de no devolución?

—Tenía un problema financiero urgente que atender.

—¡Vaya! Aunque no lo aparenta, debe ser una gastadora compulsiva, ¿no, señorita Archer?

Lily apretó los labios mientras sus mejillas se teñían de un intenso rubor.

—Siento que mi humilde ropa pueda ofender su sensibilidad, pero no soy una esclava de la moda. Tengo otras prioridades mucho más importantes en la vida.

—Pensaba que todas las mujeres trataban de sacar el mayor partido posible a sus encantos.

–¿Es usted realmente tan superficial como para juzgar a una mujer por lo que lleva puesto más que por su personalidad? –dijo ella con frialdad.

Raoul se preguntó cómo sería ella, bajo aquel vestido tan horrible que llevaba. Estaba acostumbrado a que las mujeres se exhibiesen delante de él sin ningún pudor, ligeras de ropa y con bastante maquillaje, para llamar su atención. Pero la señorita Lily Archer, con su ropa sencilla, la cara limpia y sus misteriosos ojos azul oscuro le intrigaba como ninguna mujer lo había hecho antes. Tenía un look discreto como si le asustara llamar la atención.

–Trato de no dejarme llevar solo por las apariencias, pero todo influye a la hora de juzgar a una persona, ¿no le parece? –dijo él–. Su aspecto, su lenguaje corporal, su forma de comportarse y de hablar... Como seres humanos, hemos evolucionado para aprender a descifrar todas esas señales sutiles que nos ayudan a averiguar si una persona merece o no nuestra confianza.

Ella se mordió el labio inferior. Raoul se quedó mirándola tratando de descubrir su edad. Pensó que tendría veintitantos años, aunque por su aspecto aparentaba ser casi una adolescente.

Dominique entró en ese momento y sirvió los primeros platos.

–Puedo servirle un poco de vino, señorita Archer?

–La señorita Archer es abstemia –dijo Raoul–. Es inútil tentarla.

El ama de llaves miró a Raoul con un brillo especial en sus profundos ojos negros.

–Quizá la señorita Archer sea inmune a la tentación, señor Raoul.

–Ya veremos –replicó él con una leve sonrisa irónica.

Dominique salió del salón y Raoul se quedó mirando a Lily con una expresión inquietante.

Ella apretó los labios de nuevo para no decir algo de lo que luego tuviera que arrepentirse.

—Relájese, señorita Archer. No es mi intención corromperla ni con el alcohol ni con el sexo. En mi condición actual, no podría hacerlo aunque quisiera.

—¿Suele beber siempre tanto? —preguntó ella, aún con las mejillas encendidas.

—Me gusta tomar vino en las comidas. No creo que por eso pueda considerarme un alcohólico.

—El alcohol entumece los sentidos y afecta negativamente la coordinación de los movimientos —dijo ella como si estuviera leyendo un folleto educativo sobre los perjuicios de la drogas y el alcohol—. Haría mejor restringiendo su consumo mientras dure la recuperación.

Raoul dejó el vaso de vino en la mesa con un golpe seco.

—No me estoy recuperando, señorita Archer. Me voy a quedar así toda la vida por culpa de un descerebrado que conducía una moto acuática sin mirar por dónde iba.

—¿Ha hablado con alguien sobre las secuelas psicológicas que le dejó el accidente?

—No necesito tumbarme en el diván de un psicólogo solo para decir lo indignado que me siento por haber sido arrollado por la moto de un imbécil. ¿Le parece anormal mi reacción?

—Comprendo que esté indignado, pero sería mejor que tratara de canalizar sus energías en recuperar la movilidad.

Raoul se puso rojo de ira. Sintió como si se le hubiera puesto una espesa niebla delante de los ojos y una fuerza desatada golpeara su oídos como un trueno. ¿Qué otra cosa había estado haciendo esas últimas semanas sino tratar de recobrar su movilidad? ¿Qué derecho tenía ella a acusarle de estar canalizando sus energías de manera inadecuada? Dejar a un lado su enfado

no iba a obrar el milagro de levantarle de la silla de ruedas y hacerle caminar como antes.

—¿Sabe usted lo que supone tener que depender totalmente de otras personas? —preguntó él.

—Creo que tengo alguna idea. Llevo toda la vida trabajando con discapacitados.

Él dio un puñetazo en la mesa tan fuerte que estuvo
a punto de tirar las copas.

—No me llame discapacitado.

—Lo siento... —dijo ella pálida como la nieve.

Raoul se sentía el mayor idiota del mundo, pero no
estaba dispuesto a admitirlo ni a pedir disculpas por
ello. Estaba furioso con Rafe por haberlo puesto en esa
posición tan ingrata. Era evidente que ella estaba haciendo aquello solo por el dinero. Era ridículo pensar
que pudiera tener éxito donde otros habían fracasado.
Era una farsante, una charlatana de feria que explotaba
a las personas vulnerables y desesperadas. Pero él no
iba a dejarse embaucar tan fácilmente.

—¿Por qué aceptó este trabajo?

—Su hermano me lo pidió. Tenía referencias de mis
éxitos con otros pacientes. Mi jefa me animó a aceptar
el trabajo y además... el dinero me venía muy bien.

—Creo que mi hermano tuvo que esforzarse mucho
para convencerla de que viniera.

Ella desvió la mirada y tomó la cuchara de la sopa.

—Sí. No suelo trabajar con pacientes masculinos.

—¿Cómo es eso? —preguntó él, lleno de curiosidad.

Ella metió la cuchara en el plato pero fue incapaz de
llevársela a la boca.

—Me resulta algo... difícil trabajar con ellos.

—¿Se refiere a que no son muy colaboradores?

Ella se pasó la lengua por los labios de nuevo.

—Una lesión grave supone siempre un duro golpe
para cualquier persona, sea hombre o mujer, niño o
adulto. Pero, en mi opinión, las mujeres están más dis-

puestas, en general, a aceptar la ayuda y a colaborar más activamente en su rehabilitación.

Raoul la contempló fijamente durante unos instantes. Vio cómo jugaba con la cuchara dentro del plato y trataba de apartar la mirada de la suya. Un intenso rubor cubría aún sus mejillas mientras se mordía el labio inferior. Luego se fijó en sus manos. Eran pequeñas y con unos dedos largos y delgados, y unas uñas que se había mordido casi hasta la raíz.

—Parece que no le gusta mucho la sopa. ¿Quiere que le diga a Dominique que le traiga otra cosa?

—No, no se moleste. No tengo mucha hambre. Ha sido un día muy largo y estoy algo cansada.

Raoul sintió por un instante una sensación de culpabilidad. Desde luego, no había hecho honor a la fama que los hermanos Caffarelli tenían de hombres galantes y hospitalarios. ¿Y si dejaba que se quedara una semana para ver si, de verdad, había algo que ella pudiera hacer por él? Tampoco podía perder gran cosa. No tenía nada mejor que hacer en ese momento.

Al menos, le serviría de distracción. ¿Qué podía perder? Si era una farsante, la desenmascararía. Y, si tenía algo que ofrecerle, los dos saldrían ganando.

—Supongamos que accedo a que se quede un mes, ¿qué podría hacer conmigo?

—Su hermano me dijo que disponen de un gimnasio. Para empezar, me gustaría probar algunos ejercicios estructurados. Comenzaríamos suavemente para ir aumentando gradualmente el ritmo. Todo dependerá de lo que sea capaz de hacer. No le va a ser fácil con un brazo roto, pero estoy segura de que un hombre como usted podrá soslayar esa dificultad.

—¿Qué más?

—Me gustaría también echar un vistazo a su dieta.

—Llevo una alimentación equilibrada.

Ella miró su copa de vino casi vacía e hizo una mueca de desaprobación.

–Siempre se podrá mejorar. ¿Toma algún tipo de complemento dietético?

–¿Se refiere a vitaminas?

–Sí. Aceites de pescado, glucosamina, vitamina D, ese tipo de cosas. Los estudios han demostrado que ayudan a regenerar el tejido muscular y a detener el avance de la artrosis.

Raoul soltó un gruñido de desaprobación.

–Por el amor de Dios, señorita Archer, yo no estoy artrítico. Tengo solo treinta y cuatro años.

–Las medidas preventivas de salud son válidas para cualquier edad –replicó ella.

–¿Cuántos años tiene usted?

Lily pareció dudar antes de responder.

–Veintiséis.

–Parece cómo si hubiera tenido que pensarlo.

–Como cualquier mujer, no tengo ningún interés especial en llevar la cuenta de mis cumpleaños.

–Es aún muy joven para preocuparse por eso. Cuando haya cumplido los cuarenta, tal vez, la edad comience a ser un problema para usted, pero, de momento, es casi una niña.

Ella volvió a bajar la mirada hacia el plato de sopa con gesto compungido.

–Mi padre murió precisamente el día que cumplí siete años. Comprenderá que no guarde muy buen recuerdo de mis cumpleaños.

A Raoul le vino entonces a la memoria la trágica muerte de sus padres. Había tenido lugar también en una fecha próxima a su cumpleaños. Rafe tenía diez años, él ocho, a punto de cumplir nueve, y Remy, solo siete. El funeral de sus padres había sido justo el día de su cumpleaños. Había sido el peor regalo que podía haber imaginado: seguir hasta la catedral a aquellos ataúdes cubiertos de flores, sentir aquel dolor colectivo a su alrededor, escuchar aquellos lamentos mezclados con los cánticos fúnebres del coro.

Desde entonces, odiaba tener flores en casa y no podía soportar la música coral.

–Lo siento –dijo él–. ¿Y tu madre? ¿Vive?

–Sí. Reside en Norfolk. Voy a verla siempre que puedo.

–Usted vive en Londres, ¿verdad?

–Sí, en un piso en Mayfair. Pero es muy tranquilo, los vecinos no permiten que se organicen fiestas por la noche.

–¿Y vive sola?

–Sí.

Dominique entró para recoger los platos de la sopa. Frunció el ceño al ver el plato lleno de Lily.

–¿No tiene hambre señorita? ¿Quieres que le traiga otra cosa? ¿No le gustó la sopa?

–Sí, estaba muy buena. Pero estoy un poco cansada del viaje y no tengo apetito, eso es todo.

–De segundo, tengo *coq au vin* –dijo Dominique–. Es el plato favorito del señor Raoul. Tal vez eso le abra el apetito, señorita Archer, *oui?*

–Estoy segura de ello –dijo Lily con una sonrisa.

Raoul se sintió cautivado al ver la sonrisa de Lily. Tenía una dentadura blanca y perfecta y su sonrisa hacía que sus ojos cobrasen una viveza indescriptible. Sintió una gran excitación. Era la primera que sentía desde el accidente. Trató de ignorarla, pero no le fue fácil. Ella era una mujer increíblemente hermosa cuando se comportaba de forma natural y olvidaba esa pose seria y rígida de profesional responsable. ¿Por qué se esforzaba tanto en ocultar sus encantos bajo aquellos vestidos tan sosos y aquella expresión tan adusta?

–Espero no haberla ofendido –dijo Lily cuando Dominique salió.

–No se ofende con facilidad –replicó Raoul con ironía–. De lo contrario, se habría marchado de aquí el mismo día que llegué después del accidente. No debí de ser entonces para ella una persona muy agradable precisamente. Y sigo sin serlo.

–Se necesita tiempo para adaptarse a una nueva situación. Usted desearía poder volver a su vida de antes donde lo tenía todo bajo control. Pero eso, de momento, no es posible.

Raoul alzó de nuevo su copa de vino pero no bebió nada. Solo estaba tratando de tener las manos ocupadas para no ceder a la tentación de tocarla. Se preguntó si su piel sería tan suave como parecía. Su boca le fascinaba. Le parecía muy seductora cuando sonreía. Pero ahora volvía a tener los labios apretados en un gesto de rigidez y autocontrol.

¿Le estaría leyendo el aura?, se preguntó él.

–Parece la voz de la experiencia. ¿Ha sufrido también alguna lesión grave en el pasado?

Ella se encerró en sí misma como el escenario de un teatro cuando cae el telón al final de la representación.

–No he venido aquí para hablar de mí, sino para ayudarlo.

–Sí, contra mi voluntad.

–Me iré a primera hora de la mañana, como usted me pidió –respondió ella desafiante.

Raoul no quería que se fuera. Al menos, no todavía. Además, su hermano había pagado un dineral por sus servicios y le indignaba la cláusula de no devolución que ella había insistido en incluir en el contrato. Se iría tranquilamente a su casa con el dinero sin haber hecho absolutamente nada.

–¿Qué pasaría si le dijera que he cambiado de opinión?

–¿Habla en serio?

–Estoy dispuesto a concederle una semana de prueba. Después, decidiré qué hacer.

—¿Está seguro? —dijo ella con expresión cautelosa.

—¿Cuándo empezamos?

—Ahora mismo —replicó ella, retirándole la copa de vino

Raoul apretó la mandíbula. Sabía que estaba utilizando el alcohol como una válvula de escape. Normalmente despreciaba ese tipo de comportamiento en los demás, pero no veía con buenos ojos que le trataran como a un niño que no sabía moderarse.

—Me ayuda a dormir.

—El alcohol altera los patrones del sueño. ¿Tiene pesadillas?

—No.

No era verdad, pero no estaba dispuesto a contarle las imágenes horripilantes que le despertaban por la noche. El pánico que había sentido tras el impacto del accidente le perseguiría toda la vida. Sentía todas las noches un sudor frío recordando el miedo que había pasado aquel día pensando en que se ahogaría en el mar antes de que alguien acudiera en su ayuda. No podía soportar ahora la idea de sumergirse en el agua, a pesar de estar acostumbrado a nadar a diario.

—Tengo una lista de los complementos dietéticos que me gustaría que tomara —dijo ella—. Y quiero que empiece a practicar una serie de ejercicios en el agua.

Raoul alzó el brazo derecho escayolado.

—¿Ve esto? No está a prueba de agua. No puedo nadar.

—No se trata de nadar realmente, sino de caminar en el agua.

—Si no puedo caminar en el suelo, menos aún podré hacerlo en el agua. Ha dado con el hombre equivocado, señorita. El que usted anda buscando murió hace dos mil años y tenía un buen número de milagros en su currículum —dijo él con una sonrisa irónica.

—Puede protegerse la escayola con una bolsa de plástico. Los ejercicios en el agua le ayudarán a recuperar la estabilidad y la coordinación de movimientos –replicó ella muy serena.

Raoul la miró con expresión airada.

–Quiero que mi vida vuelva a ser como antes. Me importa un bledo todo lo demás.

Ella apretó los labios como si estuviera tratando con un niño recalcitrante y necesitara hacer acopio de una dosis de paciencia adicional.

–Me doy cuenta de lo difícil que puede ser para usted...

–Lo es. Ni siquiera puedo ir a ver a mis caballos, ni puedo vestirme o afeitarme sin ayuda.

–¿Cuándo le quitarán la escayola?

–Dentro de dos semanas.

–Lo encontrará todo mucho más fácil entonces. Una vez que recupere la fuerza en el brazo, será capaz de dar algunos pasos en las barras paralelas. Eso fue lo que hice con mi último paciente. En doce semanas podrá andar sin agarrarse a nada.

Raoul no quería esperar doce semanas. No quería esperar ni doce días. Quería andar por su propio pie ahora. No quería convertir su casa en un centro de rehabilitación, lleno de barras, rieles y rampas. Quería ser capaz de vivir una vida normal, sentarse en el asiento del conductor sin necesidad de que nadie le llevase o le empujase. Pero el dolor y la desesperación de lo que había perdido lo martirizaba como un terrible dolor de muelas. ¿Cómo iba a volver a ser feliz con las minusvalías físicas que le había dejado el accidente? No, nunca volvería a serlo.

Dominique entró con los segundos platos.

–¿Quiere que le corte el pollo en trozos más pequeños, señor Raoul? –preguntó el ama de llaves mientras le dejaba el plato delante.

–No –respondió Raoul secamente–. No soy ningún niño.

Lily le dirigió una mirada de reproche cuando Dominique hubo salido del comedor.

–Pues es justamente la impresión que está dando. Y un niño bastante mimado, por cierto. Ella solo estaba tratando de ayudarlo. No había necesidad de mostrase tan grosero con ella.

–No me gusta que me mimen ni me traten como a un inválido.

–Siempre les resulta mucho más difícil aceptar sus limitaciones a las personas dominantes.

–¿Cree que soy un maniático del control? –exclamó Raoul, dejando escapar una leve risa cínica y burlona–. ¿Cómo llegó a esa conclusión? ¿Se lo ha revelado mi aura?

–Es usted un caso típico. Por eso está tan enfadado y amargado. Porque ya no puede controlarlo todo y hacer lo que quiere. Le resulta humillante tener que pedir ayuda a nadie. Apuesto a que preferiría quedarse con hambre antes que permitir que alguien le cortara la carne.

–¡Vaya! Por lo que veo, también ha estudiado psicología, ¿verdad, señorita Archer?

–Tiene un carácter fuerte y está acostumbrado a ser muy independiente. No se necesita haber estudiado psicología para darse cuenta de ello.

–Está bien. ¿Qué le parece si seguimos jugando a los psicólogos y le leo yo ahora el aura?

–Adelante –respondió ella con expresión seria.

–Veamos... No le gusta llamar la atención. Trata de esconder su cuerpo bajo unas ropas sosas y sin forma. Carece de falta de confianza en sí misma... ¿Continúo?

–¿Es acaso un crimen ser introvertida?

–No –respondió Raoul–. Pero me intriga que una joven tan hermosa como usted ponga tanto empeño en querer pasar desapercibida.

Lily pareció aturdida por los halagos.

—Yo... no me considero hermosa.

—No le gustan los cumplidos, ¿verdad, señorita Archer?

—No, a menos que sean sinceros.

Raoul clavó la mirada en la suya. Sus ojos parecían dos lagos de color azul oscuro, llenos de secretos. ¿Qué había en ella que le cautivaba tanto? ¿Era ese aire suyo de misterio? ¿O tal vez ese aspecto de mujer intocable? Era muy diferente de las mujeres que había conocido. Y no solo por su apariencia y forma de vestir, sino también por su carácter reservado y cauteloso. Le recordaba a un cervatillo, siempre en guardia ante un posible peligro. Sería todo un desafío conseguir desmontar todas las capas de esa fachada bajo la que se protegía tan celosamente.

—¿A qué hora le gustaría empezar mañana? —preguntó él.

—¿Le parece bien a las nueve? Será un trabajo duro, pero confío en que resulte muy provechoso.

—Eso espero. De lo contrario, mi hermano tendrá que buscarse otro padrino.

—¿Quiere decir que no irá a la boda si no puede caminar para entonces?

—No voy a echar a perder todas las fotos apareciendo en una silla de ruedas.

—Pero no puede dejar de ir a la boda de su hermano. Será el día más importante de su vida. Debe estar allí como sea, con silla o sin ella.

Raoul apretó la mandíbula. No pensaba ir allí a dar el espectáculo. Iba a ser una boda por todo lo alto y acudiría toda la prensa. Podía imaginarse el recibimiento al verlo llegar en una silla de ruedas. Podía ver incluso el pie de la fotografía: el pobre hermano lisiado.

Se le revolvía el estómago solo de pensarlo.

—Su trabajo, señorita Archer, consiste en sacarme de esta silla. Tiene una semana para convencerme de que puede hacerlo.

–No estoy segura de poder conseguirlo. Es difícil marcar un límite de tiempo en un proceso de curación como este. Lo mismo puede llevar meses que...

–Se supone que ya ha hecho un milagro antes. Veamos si puede repetirlo.

Capítulo 3

LILY apenas probó ninguno de los platos que Dominique le llevó. La mirada penetrante de Raoul Caffarelli le había quitado el poco apetito que tenía. Le hacía sentirse amenazada, aunque no de una manera física. Era como si quisiera desnudarla con los ojos para llegar a ver su verdadera personalidad.

Se bajó instintivamente las mangas para taparse los brazos. Las heridas ya habían cicatrizado, pero las marcas seguían siendo lo bastante llamativas como para que todo el que las viese se preguntase qué le podía haber llevado a hacerse aquellos cortes de forma intencionada.

Y las cicatrices externas no eran nada comparadas con las que tenía por dentro.

Odiaba considerarse una víctima. Prefería verse como una superviviente. Pero había días en que la pesadilla de aquel maldito cumpleaños volvía a resurgir como puñaladas que atravesaban el caparazón que se había construido a modo de defensa. A veces, se sentía como si su alma siguiera aún sangrando, gota a gota, hasta que llegara un día en que ya no le quedase nada...

Cuando alzó la vista, se encontró con los ojos de Raoul. ¿Cuánto tiempo llevaría mirándola?

–Lo siento... ¿Decía algo?

–No –respondió él.

–Ah... pensé que...

–Parecía estar a muchos kilómetros de aquí.

–¿De veras? –replicó ella, tratando de aparentar indiferencia.

–¿Es usted una soñadora, señorita Archer?

Lily se habría reído si hubiera recordado cómo hacerlo. Hacía mucho que había dejado de soñar en cosas que sabía que nunca podría alcanzar. Estaba resignada a aceptar la amarga realidad. No podía hacer retroceder el tiempo y tener la oportunidad de enmendar sus errores pasados.

–No.

Él siguió mirándola con insistencia, sin apenas pestañear. Ella se esforzó por aguantar su mirada y adoptar una expresión impasible, pero comenzaba a sentir una tensión en el cuello y en los hombros y, lo que era peor, un fuerte dolor de cabeza. Si no ponía los medios para evitarlo, acabaría convirtiéndose en una migraña, y eso la volvería aún más vulnerable.

–¿Me disculpa? –dijo ella, empujando la silla hacia atrás–. Tengo que ir al servicio.

–Por supuesto –dijo él, asintiendo con la cabeza, sin dejar de mirarla.

Lily dejó escapar un suspiro prolongado cuando entró en el baño. Se estremeció al mirarse en el espejo. Había momentos en los que no se reconocía a sí misma. Era como si otra persona viviera dentro de su cuerpo. Otra persona muy distinta de aquella chica alegre y extrovertida con la sonrisa siempre en los labios.

Cuando regresó al comedor, el ama de llaves estaba recogiendo los platos.

–El señor Raoul se ha retirado ya –dijo Dominique, colocando los vasos en una bandeja de plata.

–¡Ah! –exclamó Lily con un cierto aire de decepción.

No tenía de qué extrañarse. Ya había sido bastante privilegio que hubiera aceptado cenar con ella. Pero había sido algo grosero, marchándose así sin decirle siquiera buenas noches.

–¿Le apetece un café en el salón? –preguntó Dominique.

–Me encantaría. ¿Puedo ayudarle con la bandeja?

–Usted está aquí para trabajar con el señor Raoul, no para ayudarme –respondió el ama de llaves con una sonrisa–. Pero gracias de todos modos. Le llevaré el café enseguida.

Lily se mordió el labio mientras se dirigía al salón. Raoul le había dicho que le daría una semana de prueba. ¿Por qué había cambiado de opinión? ¿Qué esperaba de ella realmente?

Raoul estaba en su estudio, trabajando en el ordenador. Había una subasta de caballos en Irlanda a la que solía asistir todos los años, pero ¿cómo iba a ir ahora? Era casi un inválido. Ni siquiera podía manejar la silla de ruedas con las dos manos, con el brazo derecho escayolado.

En cuanto a sus piernas... Trató de mover los dedos de los pies, pero parecía como si las órdenes de su cerebro tardasen mucho en llegar a su destino. Se agarró el muslo con la mano izquierda, clavándose las uñas en la carne para comprobar si su sensibilidad había aumentado con respecto al día anterior, pero seguía sin sentir nada en algunas zonas.

Dejó escapar un suspiro de frustración. No podía dejar de pensar en su futuro incierto y desesperanzador. Se imaginaba unas noches largas y solitarias sentado frente al ordenador junto a una botella, esperando a que alguien fuera a buscarlo para llevarle de un sitio a otro.

Recordó la visita que Clarissa le había hecho en el hospital. Apenas había sido capaz de mirarlo a los ojos y, sin embargo, solo unos días antes, había estado en sus brazos con las piernas enredadas entre las suyas.

Ahora esas piernas tan musculosas ya no le servían de nada.

Se dio unas palmadas en el muslo como tratando de despertar los nervios adormecidos. Siguió golpeándolo una y otra vez hasta que comenzó a dolerle la palma de la mano, pero sin sentir nada. Se pasó la mano por el pelo. Lo tenía demasiado largo y revuelto. Necesitaba cortárselo.

Sintió removerse en su interior, como en un terremoto, las emociones que llevaba siglos reprimiendo. No había vuelto a llorar nunca desde que era niño. Ni siquiera en presencia de sus hermanos, especialmente de Rafe, tan estoico y responsable desde que se quedaron huérfanos. Aún recordaba el funeral de sus padres. Rafe y él estaban juntos, hombro con hombro. Él se había prometido no llorar en ningún momento de la ceremonia y lo había logrado. Remy, en cambio, se había derrumbado y Rafe le había tomado del brazo para consolarlo. Luego le había ofrecido a él el otro brazo, pero él se había encogido de hombros y lo había rechazado.

Había esperado a quedarse solo para expresar sus sentimientos. No necesitaba a la gente que decía esas frases tan convencionales como inútiles y dirigía esas miradas compasivas.

Se apartó de la mesa y dirigió la silla hacia la puerta, pero justo cuando estaba a punto de salir vio a Lily acercándose por el pasillo. Ella se detuvo en seco y alzó la mirada al oír el leve sonido del motor de la silla. Sus mejillas se tiñeron de un intenso rubor al ver a Raoul.

—Pensé que se había ido a la cama.

—No, nunca me acuesto antes de las once. Incluso esa hora es demasiado pronto para mí.

—Estoy segura de ello —replicó Lily en tono de desaprobación.

—¿Es usted también un ave nocturna, señorita Archer?

–No.

Su respuesta fue tan rápida como definitiva. Sus reacciones despertaban cada vez más su interés hacia ella. ¿Qué estaba pasando detrás de la laguna sin fondo de aquellos ojos azules? ¿Qué había detrás de aquella aparente formalidad y rigidez? Trató de imaginársela sin aquel vestido que llevaba que tan poco le favorecía. Era, sin duda, una mujer delgada, pero aún así podía vislumbrar sus pechos pequeños pero bien formados bajo aquel sayo que llevaba por vestido.

¿Qué aspecto tendría en traje de baño? ¿Y desnuda?

–¿Quiere tomar una copa conmigo? –preguntó él.

Ella puso una cara como si le estuviera ofreciendo un cáliz envenenado.

–Ya se lo dije antes, señor Caffarelli, no bebo.

–Puede llamarme Raoul. No tiene por qué ser tan respetuosa conmigo.

–Me gusta mantener las distancias con mis pacientes. Forma parte de mi ética profesional.

–¿No le gusta que la llamen por su nombre de pila?

Ella volvió a refugiarse en sí misma. A Raoul le recordó un puercoespín encerrándose bajo su capa de púas protectoras para mantener alejados a sus depredadores.

–A veces, pero no siempre.

–¿Qué puedo hacer para que se relaje lo suficiente como para que me permita tutearla?

–Me temo que nada –respondió ella con una mirada tan fría como un glaciar.

Raoul sintió la sangre hirviéndole en las venas al escuchar esa respuesta tan desafiante. No había nada que estimulase tanto a un Caffarelli como un reto o un obstáculo aparentemente imposible de superar. Ellos habían prosperado gracias a la superación de esos retos. Formaban parte de su vida. Eran tan esenciales para ellos como el aire que respiraban. Estaban en su ADN.

Recordó la charla que Rafe había tenido hacía unos años con Remy y con él cuando las cosas empezaron a ponerse feas a raíz del desafortunado negocio que su abuelo hizo con una firma rival que puso en serias dificultades la estabilidad económica de la familia.

Marcarse un objetivo, trabajar en él y ganar. Ese era el credo de los Caffarelli.

Miró a Lily detenidamente. Estaba claro que no le agradaba su compañía. Si estaba allí, era solo por dinero. Se avecinaba una semana más interesante de lo que se había imaginado.

—Buenas noches, señorita Archer.

—Buenas noches, señor Caffarelli.

Él la siguió con la vista mientras ella se dirigía con paso rápido por el pasillo, entraba en su habitación y cerraba la puerta de golpe con un sonido que retumbó por toda la casa.

Raoul frunció el ceño y se dirigió de nuevo a su estudio. Era una experiencia completamente nueva para él el hecho de que una mujer le cerrara la puerta de su habitación.

A la mañana siguiente, Lily bajó a desayunar temprano. Encontró a Dominique hablando con un hombre de unos treinta años que estaba tomando café y un cruasán con mantequilla.

—Ah, señorita Archer, permítame presentarle a Sebastien, el cuidador del señor Raoul. ¿O debería decir excuidador?

Sebastien puso cara de circunstancias y dejó la taza de café en la mesa.

—Me acaba de despedir esta mañana. El señor Caffarelli ha decidido prescindir de mis servicios.

—Oh...

—Debo advertirle que el señor no está de muy buen

humor esta mañana, señorita Archer –dijo Sebastien–. Tengo la impresión de que no ha debido de dormir en toda la noche.

–No está muy contento con mi presencia aquí –dijo Lily.

–Sí, creo que tampoco con la mía –replicó Sebastien con una mirada de complicidad–. A veces, da miedo. Gruñe como un ogro o un animal salvaje.

–No pienso permitir que el señor Caffarelli me sermonee ni trate de intimidarme –dijo Lily.

–Muy bien dicho, señorita –exclamó el muchacho.

Sebastien saludó respetuosamente a Dominique en señal de despedida, tomó sus llaves y se fue.

–El señor Raoul no siempre está de mal humor –dijo el ama de llaves–. No es un hombre de mal carácter. No tiene por qué tenerle miedo, señorita. Es incapaz de hacerle daño a nadie.

–No le tengo miedo –dijo Lily.

Dominique se quedó mirándola, tal vez, unos segundos más de los necesarios.

–Está ahora en su estudio despachando el correo en el ordenador. ¿Le importaría llevarle el café? Me haría un gran favor. Tengo los pies hechos polvo de tantos paseos de acá para allá.

–Por supuesto.

Al llegar al estudio con la bandeja del café, Lily vio que la puerta estaba cerrada. Se quedó un momento escuchando. Se oía el clic del ratón del ordenador y alguna que otra palabra malsonante en inglés. Se decidió finalmente a llamar a la puerta con los nudillos.

–¿Sí? –respondió Raoul desde dentro con una especie de ladrido breve pero salvaje.

–Su café, señor Caffarelli. Dominique me pidió que se lo trajera.

–Entonces ¿qué hace ahí? Tráigalo, por el amor de Dios.

Ella abrió la puerta y lo encontró sentado detrás de un escritorio casi tan grande como el cuarto de baño de su casa. Estaba vestido con la ropa de hacer gimnasia, pero eso no mermaba un ápice su aire de autoridad y mando. Por el contrario, le daba un aspecto aún más intimidante. Sus hombros parecían más anchos con aquella camiseta ajustada. Contempló la musculatura de sus pectorales, que parecían esculpidos por la mano de algún gran artista. Sus brazos estaban cubiertos de un vello espeso y oscuro que le llegaba hasta el dorso de las manos y los dedos.

Sintió algo muy especial en el vientre al pensar en esas manos curtidas tocándola suavemente...

Trató de sobreponerse y se acercó al escritorio lo más derecha que pudo.

—Su café, señor —dijo ella, dejándole la bandeja en la mesa.

Raoul alzó los ojos y la miró un instante con cara de extrañeza.

—¿Señor?

—¿No le gusta que le llamen señor? —replicó ella con una mirada maliciosa.

—Usted no es una de mis criadas.

—No —dijo Lily—. Soy un ser humano, igual que usted.

—Usted no se parece a mí en nada, señorita Archer —dijo él con un destello de ira en la mirada—. Aparte de ser una mujer y yo un hombre, no está confinada en una silla de ruedas como yo.

—Tal vez no lo esté en una silla de ruedas, pero sí en este castillo donde estoy condenada a trabajar con usted durante todo el mes.

—Una semana, señorita Archer, solo una semana —dijo él con rotundidad.

—Está bien. Como usted diga. Una semana.

Se produjo un silencio tenso durante unos instantes. Lily miró su taza de café aún sin tocar.

–¿No piensa desayunar?

–No tengo hambre –dijo él con una mirada que parecía decirle que no se entrometiera en su vida.

–Su cuerpo necesita un aporte de energía. No le podrá exigir nada si no le da lo que necesita.

Raoul la miró con un brillo especial y peligroso en los ojos.

–¿Y su cuerpo, señorita Archer? ¿Qué necesita?

Lily sintió su mirada abrasándola lentamente. Tuvo la sensación de estar derritiéndose por dentro. Un fuego ardiente parecía haberse encendido en el núcleo mismo de su feminidad. Los ojos de él se detuvieron por un instante en su boca, como si se estuviera preguntando lo que sentiría teniendo sus labios junto a los suyos.

Ella sintió el impulso de pasarse la lengua por los labios, pero se abstuvo de hacerlo.

–Aquí, el problema no es mi cuerpo, sino el suyo.

–¡Mi cuerpo! –exclamó él con un gruñido–. Ni siquiera lo reconozco cuando lo veo en el espejo.

–Una pérdida de masa muscular es algo normal después de una lesión. Podemos trabajar en ello.

Raoul la miró de arriba abajo con sus ojos de color miel.

–¿Va a trabajar conmigo en el gimnasio vestida así?

–No, tengo un chándal arriba.

–¿Y qué se pone en la piscina? –preguntó él con un brillo diabólico en la mirada.

–Umm... un traje de baño.

–Creo que tal vez cambie de opinión acerca de esos ejercicios acuáticos. ¿Quién sabe qué deliciosas sorpresas pueden depararme?

Lily apretó los labios durante un instante.

–Iré a decirle a Dominique que le prepare un batido

proteínico. Si no le apetece nada sólido en el desayuno, al menos lo tomará líquido.

Él se quedó mirándola detenidamente con su característica mirada escrutadora.

−¿Es así de mandona con todos sus pacientes?

−No, solo con los que se comportan como niños.

−Tiene una lengua muy afilada, señorita Archer −dijo él, arqueando una ceja.

−Acostumbro a decir lo que siento.

−Dígame una cosa... ¿No le ha causado nunca algún problema esa lengua suya?

−Últimamente, no −respondió ella muy segura de sí.

−No va a funcionar −dijo él, después de unos segundos.

−¿Perdón? −exclamó ella sin comprender bien sus palabras.

−Casi puedo oír los engranajes de ese pequeño cerebro suyo. Piensa que, si se comporta conmigo de manera grosera, conseguirá que la despida antes de la semana de prueba. Quiere tomar el dinero y salir corriendo, ¿verdad, señorita Archer?

Lily se preguntó si él podía leer la mente de las personas o si, simplemente, era mucho más cínico de lo que se había imaginado.

−No quiero llevarme nada que no me haya ganado. Y, en cuanto a lo de comportarme de manera grosera, creo que, en eso, no tengo nada que hacer a su lado. Usted es el maestro.

−¡Vaya! Veo que tras esa recatada fachada se esconde un carácter impetuoso.

−Creo, señor Caffarelli, que está demasiado acostumbrado a rodearse de mujeres vacías sin otra preocupación que la de ir a la moda y bailarle el agua.

Por un momento, ella pensó que había ido demasiado lejos. Vio cómo su mirada se endurecía y apretaba los dientes. Sin embargo, de repente, echó la cabeza hacia atrás y se puso a reír. Era un sonido agradable, rico y melodioso. Suspiró aliviada.

«Cuidado», le dijo una voz interior. «Mira por donde pisas. No bajes la guardia».

–Voy a por ese batido –dijo ella, dirigiéndose rápidamente hacia la puerta.

–¿Señorita Archer?

–¿Sí? –respondió ella, dándose la vuelta para mirarlo.

Raoul le sostuvo la mirada sin pestañear durante un tiempo que a ella se le hizo una eternidad. Sin embargo, al final, no le dijo nada de lo que había pensado decirle. Su sonrisa se desvaneció poco a poco hasta que desapareció por completo de su boca.

–Cierre la puerta al salir.

Capítulo 4

EL GIMNASIO estaba en una sala soleada del ala este de la casa. Estaba equipado con las máquinas más modernas para poder hacer cualquier tipo de ejercicio que se desease. Lily pasó la mano por la cinta de correr, preguntándose si Raoul podría volver a utilizarla alguna vez.

Su vida había dado un giro drástico. Para un hombre como él, acostumbrado al deporte de riesgo y a las mujeres, iba a resultarle muy difícil tener que prescindir de muchas cosas.

Lily pensó una vez más en Clarissa. ¿Qué tipo de mujer podía ser para abandonarlo cuando más la necesitaba? Tenía que ser muy superficial y egoísta. Raoul le había dicho que nunca había estado enamorado de ella, pero quizá solo fuera una forma de disimular su dolor. ¿Cómo no iba a sentirse dolido? Era como apalear a un hombre indefenso, herido en el suelo.

Ella había sido testigo de la evolución que había sufrido la relación de muchas parejas después de un accidente o una lesión grave. Después de un suceso traumático, se producía siempre un período de readaptación en el que las personas reconsideraban su vida y cambiaban sus patrones de referencia. Veían, en suma, la vida de otro modo. Era un período crítico que lo mismo podía desembocar en un afianzamiento de la relación que en su ruptura definitiva.

¿Era eso por lo que Raoul se había encerrado en

aquel castillo solitario? ¿Para poder reflexionar sobre lo que le había sucedido?

Parecía un hombre inteligente. Tendría un mes por delante para comprobarlo.

Se volvió al oír el sonido de la silla cruzando la puerta.

—Veo que está muy bien dotado —dijo ella, refiriéndose al gimnasio, pero sin medir muy bien sus palabras.

—Sí, me lo han dicho muchas veces —replicó él con un brillo especial en sus ojos de miel.

Ella sintió un intenso rubor que pareció llegarle hasta las raíces del pelo.

—Creo que... deberíamos empezar —dijo ella, tratando de ocultar su nerviosismo.

Estaba empezando a hartarse de sus comentarios con doble sentido. ¿Lo estaría haciendo a propósito para que ella se ruborizara como una colegiala? Era realmente humillante.

—¿Quiere que me quede en la silla o me bajo?

—Será mejor que se siente en el banco de pesas. Podemos empezar haciendo un poco de musculación y resistencia —respondió ella, mientras él dirigía su silla automática hacia el banco—. ¿Necesita ayuda para bajarse de...?

—No.

Lily sintió un alivio momentáneo. Había estado despierta casi toda la noche pensando en lo que sentiría al tocarlo, al tener aquellos músculos duros y firmes entre sus manos.

Vio cómo él arrimó la silla al banco y se levantó prácticamente con la única ayuda de su brazo izquierdo hasta conseguir sentarse en el banco. Vio cómo sus músculos se contraían por el esfuerzo y cómo su cara reflejaba la lucha que estaba librando para poder hacer aquel desplazamiento sin la ayuda de nadie.

—¿Le duele mucho?

—Puedo soportarlo —respondió él.

—No tiene por qué ser un mártir. Tomar algún medicamento contra el dolor no es ningún crimen.

—¿Podemos dejar la lección farmacéutica para otro momento y centrarnos en esto?

Lily suspiró y le acercó una mancuerna ligera.

—Treinta repeticiones, en tres series de diez.

Raoul miró la mancuerna con cara de desdén, como si fuera un juguete para niñas.

—¿Habla en serio?

—No puede levantar desde el primer día el peso al que estaba acostumbrado. Podría ocasionarle algún daño adicional en la columna. Hay que ir poco a poco, aumentando el peso gradualmente.

—Esto es ridículo. Voy a matar a mi hermano por esto.

—Puede matarlo más tarde. De momento, haga lo que le digo.

Él agarró la mancuerna con un gesto de resignación y comenzó a hacer la primera serie.

—¿Cómo lo estoy haciendo? —exclamó él con sarcasmo—. ¿Puede ver si se me hincha el bíceps?

Lily estaba haciendo un gran esfuerzo para no fijarse en su cuerpo, sobre todo en sus bíceps. Tenía que comportarse como una fisioterapeuta profesional y no como la mujer joven que llevaba cinco años sin estar con un hombre atractivo. Pero eso era una tarea difícil cuando tenía tan cerca a un hombre como Raoul Caffarelli. Podía incluso oler el aroma de su cuerpo mezclado con la fragancia de limón y lima de su loción de afeitar.

—No tan deprisa. Tiene que concentrarse en la fase de relajación tanto como en la de contracción.

—Siempre procuro poner lo mejor de mí mismo en esa fase —replicó él, clavando sus ojos diabólicos en ella para dejar constancia del doble sentido de sus palabras.

—Muy bien, trabajaremos ahora con los abdominales inferiores. Tienden a atrofiarse en presencia de algún dolor o lesión en la espalda y requiere un gran esfuerzo volver a recuperar su tono muscular. Puede sentirlos presionándose el abdomen con dos dedos, de esta forma –dijo ella, poniendo los dedos sobre su vientre cubierto con el chándal–. Empuje hacia dentro como si quisiera acercar el ombligo a la espalda.

–No sé si sabré hacerlo.

Ella resopló con gesto de incredulidad. No confiaba nada en su aparente inocencia.

–No hace falta ser un sabio para hacerlo. Solo hay que mantener los músculos contraídos.

–¿Haciendo qué?

Lily no podía sostener su mirada. Él sabía exactamente lo que tenía hacer para activar esos músculos. Era algo que debía haber ejercitado en multitud de ocasiones, a lo largo de esos últimos años, durante sus maratonianas sesiones de sexo.

–Vamos a intentar unas elevaciones de piernas. ¿Puede hacer algún movimiento con ellas?

Raoul consiguió levantar la pierna derecha solo una pulgada del suelo. Y eso, entre temblores. Con la izquierda, tenía aún más dificultades. Apenas podía moverla.

–Me temo que me voy a perder los próximos maratones.

Lily creyó advertir un claro indicio de desesperación bajo aquella aparente broma. Era un hombre acostumbrado a confiar en su fuerza corporal. Verse ahora en ese estado tenía que ser una frustración muy grande para él.

–Antes de pensar siquiera en correr, tenemos que conseguir que se ponga de pie y ande. ¿Puede girar algo los tobillos?

Raoul giró el tobillo derecho con bastante facilidad, pero el izquierdo parecía no responderle.

–Esto es absurdo. No puedo hacerlo.

—Debe tener paciencia. Esto puede llevar meses o incluso años.

—Es así como se gana el dinero, ¿verdad? Martirizando a las personas durante años con la esperanza vana de una posible curación.

—Solo trato de ser sincera con mis pacientes.

—¿Qué tal si empieza siéndolo conmigo? —dijo él con una mirada tan dura como el diamante—. ¿Qué probabilidades tengo? No hace falta que me dore la píldora ni se ande con rodeos. Sabré soportar como un hombre cualquier cosa que me diga, por mala que sea.

Lily se pasó la lengua por los labios resecos.

—Creo que va a tener que librar una lucha larga y difícil para recuperar totalmente la movilidad.

—¿Está tratando de decirme que nunca podré volver a ser como antes?

Ella sabía que nadie estaba preparado para oír malas noticias. Eso formaba parte de la angustia de la rehabilitación. La vida podía ser muy cruel a veces. ¿Por qué le ocurrían desgracias a la gente buena? Eso era algo que nadie comprendía. Ni había forma de evitarlo.

—Aún es demasiado pronto para saberlo.

—Para usted, es muy cómodo decir eso —replicó él con amargura—. Se cura en salud por si las cosas no salen como espera. Después de todo, qué más le da. Tendrá su dinero de cualquier modo, ¿verdad, señorita Archer? De eso, ya se ha encargado bien.

Lily se sintió ofendida al oír esas palabras. Ella no era así. Sería la última persona en aprovecharse de la vulnerabilidad de alguien. De ella, en cambio, sí se habían aprovechado. Y de la peor manera imaginable. El recuerdo de aquella noche del cumpleaños era como un tumor que llevara dentro de la cabeza. Trataba de olvidarse de él por todos los medios, pero aún lo sentía supurando por dentro, esperando una nueva oportunidad para destruirla.

–He tenido que dejar colgados a varios clientes por venir aquí –dijo ella–. Parece razonable que reciba una compensación económica por ello, ¿no?

–Entonces, será mejor que le saquemos el mejor partido al dinero de mi hermano, ¿no le parece?

Lily le dio una mancuerna de más peso, teniendo mucho cuidado de no rozarle los dedos.

–Sí. Será lo mejor.

Raoul se mostró muy colaborador durante un rato pero ella pudo ver la impaciencia que le abrasaba a fuego lento por dentro. Sabía lo humillante que debía ser para él todo aquello. Pero la paciencia era exactamente lo que él más necesitaba en ese momento. No tenía sentido proceder alocadamente, tratando de precipitar las cosas. Había que ir paso a paso. Lento pero seguro.

–Creo que ya es suficiente por hoy –dijo ella, después de un par de ejercicios más.

–¿Está de broma?

–No –respondió ella, recogiendo la pesa que había dejado en el suelo y dejándola en su soporte con el resto–. Lleva en el banco más de diez minutos. ¿No le aconsejó su neurocirujano que no estuviese mucho tiempo sentado los primeros días?

–Pero es que apenas he hecho nada –replicó él con el ceño fruncido–. Y usted tampoco.

–Se equivoca, he estado observándolo mientras trabajaba con la mancuerna y he tomado nota mentalmente de su postura y de su actividad muscular. Le he notado una tensión excesiva en el cuello y los hombros. El lado izquierdo está mucho peor que el derecho. Probablemente, sea debido al efecto de la lesión de las vértebras lumbares y, por supuesto, de su brazo roto.

–¿Y cuál es su plan? ¿No va a darme masajes?

Lily sintió una extraña sensación en la boca del estómago.

«Deja de actuar como una idiota», se dijo a sí misma. «Has dado masajes a cientos de pacientes».

«Sí, pero ninguno era hombre».

Una extraña conversación interior de ida y vuelta tuvo lugar en su cerebro hasta que se dio cuenta de que Raoul la estaba mirando con cara de curiosidad.

–¿Va todo bien? –preguntó él.

–Sí. Pero tendré que conseguir una mesa de masajes. No he traído ninguna. Puede que me lleve un par de días conseguirla. Debería haberlo pensado, pero todo fue tan rápido que...

–Yo tengo una.

–¿Usted? –exclamó ella, tragando saliva.

Era lógico que la tuviese, se dijo ella. Un hombre tan rico como él, podría tener incluso una para cada día de la semana o para cada habitación del castillo. Probablemente, estarían chapadas en oro con incrustaciones de diamantes y piedras preciosas.

–Está en la salita contigua a la de la sauna y el jacuzzi.

–Claro, es lo lógico –replicó ella, como si fuera la cosa más natural del mundo.

–¿Encuentra algo divertido en el hecho de que sea un hombre rico, señorita Archer?

–No –respondió ella, sosteniendo su mirada desafiante–. Solo estaba pensando en voz alta.

–Entonces, por favor, absténgase de hacerlo en mi presencia.

«No apartes la mirada», le dijo su voz interior. «No dejes que se salga con la suya. Está tratando de intimidarte».

Ella sostuvo entonces su mirada de acero en una auténtica batalla de voluntades en la que sabía que saldría derrotada. Pero no le importó. Él estaba buscando la oportunidad de ejercer sobre ella una parte del poder que había perdido. Era solo un juguete con el que él deseaba jugar hasta que se cansase de apretar los botones. Y llevaba apretando esos botones desde hacía un buen rato. Algunos de ellos hacía mucho tiempo que nadie los tocaba. Otros, en cambio, eran nuevos y nadie los había tocado nunca.

Como ese que estaba en el centro mismo de su feminidad. Sentía como una corriente eléctrica atravesándole el cuerpo cada vez que él la miraba con esos ojos sombríos e irónicos que parecían descubrir mucho más de lo que ella desearía.

Ya no era la muchacha temperamental e impulsiva de antes. Ahora era una mujer sensata y responsable. Tenía la cabeza bien puesta y era capaz de controlar sus emociones.

–¿A qué hora le gustaría el masaje?

¿Era ella, de verdad, la que había pronunciado esas palabras?, se dijo Lily. Las había escuchado, pero estaba convencida de que debían haber salido de los labios de otra persona. La nueva Lily nunca se ofrecería a dar masajes a un hombre tan ardiente y apasionado, y, a la vez, tan peligrosamente atractivo como Raoul Caffarelli. Ahogó un gemido. El deseo era algo que sentían las otras chicas. En la nueva Lily, no había lugar para esos impulsos primitivos. Ella estaba literalmente muerta de cintura para abajo. ¿O ya no?

–¿Le va bien a las once? –respondió él–. Tengo que revisar antes algunas cosas en mi estudio.

–Muy bien. Iré a preparar las cosas. Pero no se apure si tiene demasiadas cosas que atender. Siempre podemos dejar la sesión para más tarde.

–Nos veremos a las once, señorita Archer –dijo él, sin perder su mirada diabólica–. Estaré impaciente esperando esa terapia manual suya.

Lily dejó escapar un suspiro al quedarse sola. ¿Hasta dónde podría llevarle aquella situación?

Capítulo 5

LILY sintió un vacío en el estómago al ver a Raoul aparecer en la sala de masajes. No se atrevió siquiera a mirarlo a los ojos para que no descubriera lo nerviosa que estaba.

–Le dejaré un momento para que se desnude... para que se prepare, quería decir –dijo ella con voz temblorosa, apartándose un mechón de pelo de la cara y aprovechando para mirarlo de soslayo–. ¿Necesita ayuda para subir a la mesa?

–Ya la llamaré si la necesito –replicó él con una expresión inescrutable.

–Muy bien.

Lily salió corriendo de la sala para dejarlo solo.

El corazón le latía como las hojas de un árbol en un tornado.

Cuando volvió a los pocos minutos, lo encontró tumbado boca abajo en la mesa de masaje. Ella le había dejado una toalla para que se la echase por encima de las nalgas, pero, debido a sus problemas de movilidad, no había sido capaz de colocársela bien. Se le había quedado un poco caída, ofreciéndole una sugestiva visión de su cuerpo bronceado y de su glúteo derecho.

¡Y estaba totalmente desnudo debajo de aquella toalla!

–¿Se siente cómodo? –preguntó ella con voz chillona, tapándole cuidadosamente con la toalla.

–Sí.

Lily miró la cicatriz que tenía entre los discos de las lumbares L5S1 y L4S2.

Todavía era visible la zona en la que el neurocirujano había hecho la incisión para descomprimir la médula espinal, pero con el tiempo no se notaría nada.

Echó una ojeada al resto. Tenía un físico increíble.
Hombros anchos, caderas estrechas y un cuerpo bien
musculado, pero sin exagerar. Podría haberse quedado
horas, recreándose con aquella visión maravillosa. Hacía mucho que no había visto a un hombre así. Era
como contemplar la obra maestra de un escultor. Resultaba casi doloroso mirarlo sabiendo que no podía te-
nerse en pie.

–Debo estar mucho peor de lo que pensaba –dijo él,
arrastrando las palabras–. No siento nada.

–No lo he tocado todavía –replicó ella con una sonrisa de circunstancias.

–¿Y a qué está esperando?

–A nada. Ahora mismo... me pongo... a ello.

Respiró hondo y se echó un poco de aceite en las manos. Empezó masajeándole los pies, usando unos movimientos que había usado cientos de veces con otros pacientes. Pero nunca había sentido la corriente de alto
voltaje que percibía ahora al tocarlo. Notó entonces que
él se estremecía también como si sintiera lo mismo
que ella. Respiró profundamente de nuevo y subió las
manos hasta la pierna derecha, tratando de relajar los ge-
melos. Sintió cómo él se estremecía de nuevo y ahogaba
una maldición.

–¿Puede sentir mis dedos? –preguntó ella.

–Siento sus pulgares como si fueran sacacorchos.

–Está muy tenso. Tiene los músculos como una piedra.

–Me gustaría verla en mi lugar.

–Deje de quejarse y procure relajarse.

Lily continuó trabajando la pierna, subiendo hasta el
muslo, masajeando todos los músculos con movimientos largos y enérgicos. Luego pasó a la otra pierna e

hizo lo mismo. Sintió su cuerpo duro, ligeramente velloso, cálido y profundamente masculino. Sus piernas eran fuertes, fibrosas, sin un solo gramo de grasa.

Apartó la toalla lentamente para poder trabajar los glúteos. Eran unos glúteos prietos y firmes, pero estaban algo tensos y agarrotados. Sin embargo, después de un rato, sintió que empezaban a relajarse bajo el contacto de sus dedos. Hasta su respiración pareció ir volviéndose más pausada y uniforme. Subió las manos por la espalda, siguiendo la línea de la columna vertebral, pero teniendo cuidado de no pasar por las vértebras dañadas, trabajando solo los músculos y los ligamentos. Subió un poco más arriba. Tenía el cuello y los hombros bastante tensos como ya había observado antes, pero, de nuevo, tras un par de minutos de masajes, los sintió más relajados. Su piel era suave y cálida y tenía el aroma del aceite que estaba usando, mezclado con su propio olor corporal. Era una combinación embriagadora que parecía hacer revivir en ella sus sentidos aletargados durante tantos años.

Mientras le masajeaba los hombros, contempló su cabeza. Tenía un pelo negro espeso y brillante. Sintió deseos de enredar los dedos en él y luego peinarlo y acariciarlo. Lo tenía algo revuelto. Se peinaba al estilo europeo, con la raya en el medio. Lo llevaba bastante largo.

Sin darse cuenta realmente de lo que estaba haciendo, le pasó los dedos por el pelo como si tratara también de masajearlo. Era un cabello suave y sedoso que olía a manzanas frescas.

—¿Tengo algún músculo por ahí? —exclamó él con la voz algo apagada por efecto de la relajación y por el hecho de estar tumbado boca abajo.

Lily se alegró de que no estuviera boca arriba y viera el rubor de sus mejillas.

—No, pero el cuero cabelludo necesita también relajación –respondió ella, masajeando la zona de la coronilla–. ¿Siente pesadez, dolor de cabeza, jaquecas?

–De vez en cuando.

–¿Qué hace para relajarse?

–¿Es una pregunta trampa? –replicó él con una sonrisa.

–Hablo en serio. ¿Qué hace para relajar la tensión?

–Si me hubiera preguntado eso hace un mes, le habría respondido que practicar sexo.

Lily apartó las manos de su cabeza y se secó con una toalla. No sabía qué decir, por eso no dijo nada. Pensó que era preferible a hacer el ridículo.

Él giró levemente la cabeza para poder mirarla de reojo.

–¿No encuentra relajante el sexo, señorita Archer?

¿Qué podía decir? Para ella, era todo lo contrario. El sexo era lo más estresante que podía imaginar. Pero, si se lo decía, se reiría de ella, haciéndola sentirse una estrecha, una mojigata.

Y, si le confesaba la razón por la que sentía eso por el sexo, tendría que volver a revivir aquellos horribles recuerdos, resucitando unas pesadillas de las que tardaría varios meses en librarse.

Encontró finalmente la forma de salir airosa, devolviéndole la pregunta.

–¿Significa eso que ya no puede...?

Dejó la frase colgando. Perder la función sexual suponía, sin duda, un gran golpe para cualquier persona, pero para un joven como él en la flor de la vida debía de ser terrible.

–Aún tengo que averiguarlo –respondió él, incorporándose en la mesa hasta quedarse sentado–. Los médicos son optimistas sobre ese aspecto.

Lily estaba totalmente cohibida. Se sentía una estúpida allí de pie, junto a él. Podía sentir el calor de su cuerpo mientras el silencio se hacía más y más tenso.

–No me mire con esa cara, señorita Archer –dijo él secamente–. No le estoy pidiendo que me rehabilite también en ese terreno.

–No me prestaría a ello de ningún modo –replicó ella, apartándose unos centímetros.

Un destello de algo indefinible cruzó por la mirada de Raoul. La sala de masajes parecía haberse hecho más pequeña y el aire más denso.

Ella comenzó a respirar de forma más rápida y entrecortada. Y más audible. No podía apartar la mirada de su boca. Era, posiblemente, la boca más sensual que había visto en su vida. Ningún hombre la había besado en todos esos años. Casi había olvidado lo que se sentía teniendo la boca de un hombre junto a la suya.

La boca de Raoul Caffarelli parecía hecha ex profeso para besar. Su labio inferior, muy carnoso, sugería un gran poder sensual. El superior, ligeramente más delgado, hablaba de un hombre al que le gustaba imponer su voluntad y salirse siempre con la suya.

–¿Encuentra lo que anda buscando?

Lily lo miró a los ojos un instante y luego bajó la mirada.

–Le dejaré que...

Antes de que ella pudiera terminar la frase, él la sujetó suavemente por la muñeca. Lily sintió un hormigueo recorriéndole la espalda. Miró los dedos de él alrededor de su muñeca. Si subiese la mano un poco por encima de la manga podría ver las cicatrices, las huellas de su vergüenza.

Con la boca seca y el corazón martilleando en su pecho como el pistón de un motor defectuoso, alzó la vista de nuevo. El tiempo pareció detenerse, mientras contemplaba sus ojos de miel. Tenía unas pestañas largas y espesas, y las pupilas muy negras y abiertas.

Cualquier mujer podría perderse en esos ojos si no tomaba precauciones.

–Tiene una arruga.

«¡Vaya una salida que has tenido!», le dijo una voz interior, burlándose de ella. «¿No podía habérsete ocurrido algo un poco más sofisticado?».

Él esbozó una sonrisa irónica y entornó los ojos de una forma realmente seductora.

–¿Dónde?

–En la frente.

Raoul deslizó suavemente el pulgar por la cara interna de la muñeca de Lily sin dejar de mirarla a los ojos. Fue un movimiento tenue que apenas podría llamarse una caricia, pero que causó en ella un tsunami de sensaciones, como si corriese un torrente de lava bajo su piel. Estaba muy cerca de él, entre sus muslos, en medio de una zona erótica que debería haberla asustado, pero que, por alguna razón, no lo hizo.

Raoul clavó los ojos en su boca como si no pudiera apartarlos de allí. Ella sintió un hormigueo, un fuego abrasador. Una tentación.

–¿Sonríe alguna vez, señorita Archer?

Lily se pasó la lengua por los labios. Los tenía secos como pergaminos.

–A veces.

Él, aprovechando que tenía el pulgar en su muñeca, le midió las pulsaciones.

–La noto algo acelerada. Debería relajarse.

–Yo no soy la que acaba de recibir el masaje.

–Verdaderamente, fue un buen masaje. Muy profesional –dijo él con una sonrisa maliciosa.

–Gracias.

Él le soltó lentamente la muñeca. Lily pudo sentir el contacto de sus dedos aún después de haber apartado el brazo. Era como una marca sellada a fuego, que de alguna manera hubiera transferido su calor hasta el centro de su feminidad. Podía sentirlo agitándose dentro de ella como una oleada de deseo. Ese deseo que había estado ignorando y reprimiendo durante años y que parecía resurgir ahora con una fuerza inusitada.

—¿Puede acercarme la silla un poco más?

—Por supuesto —respondió ella con un suspiro.

Lily acercó la silla a la mesa de masajes. La toalla que él tenía echada sobre el regazo apenas podía ocultar su fuerte erección. Ella dirigió hacia allí su mirada como atraída por una extraña fuerza magnética. Tragó saliva. ¡Parecía ir haciéndose cada vez más grande!

Logró apartar finalmente los ojos.

—Iré a... Salgo un momento para que se vista —dijo ella, dirigiéndose a la puerta y casi tropezando con ella en su afán de salir cuanto antes.

Raoul la vio salir con una sonrisa. La encontraba una mujer misteriosa, mezcla de colegiala tímida y de mujer inteligente. No sabría decir cuál de esas dos personalidades le gustaba más.

«¿De verdad te gusta?», se preguntó él.

Miró el bulto de su erección.

«Sí, parece que sí», se respondió él mismo.

Trató de apartar esos pensamientos de su mente. Dejó de sonreír y frunció el ceño. No quería tener una relación con nadie hasta que estuviese físicamente recuperado del todo. No podía soportar la idea de una relación basada en la compasión. Sería demasiado humillante para él. ¿Podía haber un castigo más cruel que reducir a un playboy a eso?

Estaba acostumbrado a llevar la iniciativa con las mujeres. Le gustaba el sexo. Tenía siempre la libido a flor de piel, pero sabía contenerse. Era un buen amante. No era egoísta ni buscaba solo su satisfacción. Tampoco le hacía ascos a un pequeño desahogo rápido contra una pared o sobre la encimera de la cocina, siempre que la mujer estuviese dispuesta.

Sintió una gran desazón ante la idea de no volver a experimentar nunca más esas sensaciones. Tal vez, en el mejor de los casos, pudiera hacerlo, pero postrado en la cama. Ni siquiera sería capaz de llevar a una mujer en brazos a la habitación. Sería un viejo antes de tiempo.

Soltó un exabrupto mientras alcanzaba la ropa. Aquello debía ser una maldición divina por algo que debía haber hecho. Pero no acertaba a saber qué mal podría haber hecho a nadie. Él nunca había sido una persona violenta, como su abuelo, que podía perder los estribos en cualquier momento. Pero ahora se sentía tan frustrado que deseaba dar un puñetazo a la pared. Estaba de un humor tan agrio como una cazuela de leche que se hubiera dejado al sol durante todo el día. Tenía que superarlo, se dijo a sí mismo.

Pero ¿cómo?

Se acomodó en la mesa para pasarse a la silla, pero, justo cuando estaba a punto de hacerlo, la silla se movió, quedando fuera de su alcance. Intentó agarrarla, pero solo consiguió empujarla más lejos. Sintió una oleada de ira tan grande como si llevara dentro un volcán en erupción.

Pensó en llamar a Lily para que le ayudara, pero se lo impidió su orgullo. Podía volver a sentarse en esa maldita silla sin su ayuda. Estaba solo a un par de pasos de distancia. Se agarró a la mesa para mantener el equilibrio, confiando en poder recorrer esa pequeña distancia valiéndose solo de su pierna derecha. Apretó los dientes y alargó la mano. Casi la tenía ya a su alcance... Dio un paso largo con la pierna derecha, pero la izquierda se quedó doblada como un fideo mojado. Cayó al suelo como un saco, golpeándose la frente contra el reposapiés metálico de la silla de ruedas. Soltó una maldición que cortó el aire como una espada.

–¿Está bien? –preguntó Lily desde el otro lado de la puerta.

Raoul apretó los dientes mientras trataba de incorporarse apoyándose en un codo.

–Sí, estoy bien.

Lily abrió la puerta y puso los ojos como platos al ver la escena que tenía delante.

–¿Qué ha pasado?

–¿Usted qué cree? –respondió él–. Pensé que sería divertido mirar el techo desde este ángulo.

Ella se agachó junto a él. Su mirada de color azul pizarra se nubló al apartarle el pelo de la frente y ver la herida que tenía.

–Se ha hecho un corte en la frente.

A Raoul se le puso la carne de gallina al sentir el suave contacto de su mano.

–Hoy es mi día de suerte. Primero una arruga en la frente y ahora un corte.

Lily se levantó y fue a sacar un pañuelo de papel de la caja que había en un estante cercano. Volvió y se arrodilló de nuevo a su lado. Dobló el pañuelo cuidadosamente un par de veces haciendo con él una especie de compresa y se lo puso en la herida de la frente, por encima del ojo derecho, apretando con fuerza para cortar la hemorragia.

Estuvieron así un buen rato, mirándose a los ojos.

Él podía oler su perfume. Era muy ligero, olía a flores, pero, sobre todo, era muy femenino. Sus ojos eran como dos lagos profundos, coronados por unas pestañas negras como el azabache, que se rizaban en los extremos como las de un niña. Tenía una piel de porcelana y unos labios suaves de un color rosáceo que parecía un fruto maduro listo para comerse.

Podía sentir en el rostro su aliento cálido con olor a vainilla. Su respiración se había acelerado, pero también la suya. Al igual que su sangre.

Pasó la mano izquierda por debajo de su coleta larga y sedosa. Oyó un leve jadeo y sintió su mano aún en la frente. Ella no se apartó. Bajó la mirada como si quisiera echar un vistazo rápido a su boca. Después se humedeció el labio inferior, y luego el superior, con la punta de la lengua.

Él atrajo lentamente su boca hacia la suya, pero no la besó de inmediato. Jugó con sus labios con pequeños roces provocadores, dejando que sus alientos se entremezclaran. Ella emitió un leve sonido. No fue un grito ni un suspiro, sino algo intermedio. Sus labios eran increíblemente suave y cálidos y tenían el sabor de las primeras fresas de primavera.

Él sintió el contacto de su mano tímida posándose en su pecho. Entonces, la besó suavemente, aplicando solo una leve presión en sus labios, esperando a que respondiera a su beso.

Y ella respondió de forma inequívoca. Emitió un gemido y apretó los labios contra su boca, abriéndolos como una flor al sentir el primer contacto de su lengua. Él hizo su beso más profundo e íntimo, saboreando su húmeda dulzura, familiarizándose con los contornos de su boca y mezclando su lengua con la suya en un juego seductor.

Al principio, ella se mostró algo reservada, como si estuviera asustada por haberse dejado llevar por un impulso, pero luego le agarró con fuerza de la camiseta y apretó los labios contra su boca en un loco afán de satisfacer su deseo.

Él reaccionó de forma instantánea ante su ardiente respuesta. Sintió una tormenta en la sangre y una excitación inusitada que le produjo una poderosa erección.

Sus lenguas entablaron un duelo salvaje entre gemidos de placer. Ella se apretó contra su cuerpo, buscando más de él. Hundió con fuerza las manos en su pelo tratando de sentir sus labios y su lengua de forma más intensa y profunda.

Él nunca había experimentado un beso tan ardiente.

Todos los nervios de su columna vertebral, incluidos los de las vértebras dañadas, parecieron cobrar una sensibilidad especial. Sintió un fuego abrasador entre los muslos. Se sentía como un adolescente en su primer encuentro sexual.

La deseaba. La deseaba ahora. Y, a juzgar por la forma en que ella buscaba sus labios y su lengua, ella también lo deseaba a él.

Pero la realidad pareció, de repente, hacer acto de presencia en su mente. ¿En qué estaba pensando? ¿Qué se proponía hacer? Ni siquiera podía levantarse del suelo, ni mucho menos tomar a aquella mujer en brazos y llevársela al dormitorio.

Además, ella era la fisioterapeuta contratada para que volviera a andar, no para dejarlo tumbado en el suelo boca arriba y cabalgar sobre él como una amazona salvaje.

Sintió una súbita sospecha.

¿Habría sido todo una estratagema que Rafe le había preparado? ¿Sería Lily Archer y sus remedios naturistas una idea de su hermano mayor para levantarle el ánimo?

Se apartó de ella soltando una maldición.

—Está bien, es hora de hacer un descanso.

—Sí... claro —replicó ella con el ceño fruncido, mordiéndose el labio inferior.

Él la vio incorporarse y apartarse un mechón de pelo de la cara. Tenía las mejillas encendidas, los labios inflamados y la mirada esquiva.

—¿Le pagó mi hermano por hacer esto?

—¿Qué? —exclamó ella sorprendida, sin dar crédito a lo que estaba oyendo.

Él clavó los ojos en ella como si quisiera fulminarla con la mirada.

—Lo conozco muy bien. Sé que desea que me recupere y vuelva a la normalidad cuanto antes. ¿Le pagó para que hiciera eso precisamente? ¿Probar mis aptitudes, por así decirlo?

—Creo que tiene una idea muy equivocada de mí —respondió ella llena de indignación.

—No necesito una terapeuta sexual —exclamó él, arrastrándose hasta la mesa de masajes—. No necesito un revolcón caritativo para sentirme un hombre como antes.

—Si me disculpa...

Él volvió la cabeza y vio cómo Lily salía corriendo como si hubiera un fuego en la sala.

Y, de alguna manera, lo había. Era el fuego de su deseo.

Capítulo 6

LILY salió furiosa y humillada de la sala. ¿Cómo se había atrevido a sugerir una cosa así de ella? ¿Qué clase de mujer se creía que era? Su clínica tenía fama de aplicar algunas terapias innovadoras, pero lo que él había dejado entrever era poco menos que ridículo. Ella no se acostaría contra su voluntad con un hombre ni por todo el oro del mundo.

¿Cómo podía intimar con un hombre con las cicatrices que tenía en los brazos y los muslos? Se imaginaba la cara de asco y repugnancia que pondría cuando se desnudase y las viese.

Recordó con nostalgia lo orgullosa que se sentía de su cuerpo a los veintiún años. Pero, aquella noche fatídica de su cumpleaños, toda su autoestima se vino abajo.

Los cortes habían sido una forma de liberar su tormento emocional y controlar la vergüenza que sentía por haber sido mancillada por un hombre en el que confiaba plenamente. Ella no se merecía aquel trato y, aunque reconocía que aquel hombre no era dueño de sus actos, por hallarse bebido, no por ello dejaba de recriminarse. Tendría que haber sido más cautelosa. Debería haberse quedado con sus amigas. No debería haber tomado aquella cuarta copa.

Debería habérselo dicho a alguien.

Pero eso era algo que ella nunca se había decidido a hacer. ¿Cómo podía explicar a su mejor amiga que su hermano mayor la había llevado con engaños a una habitación y la había forzado mientras todos los demás estaban en la fiesta?

No, ella no había dicho nada a nadie. Había guardado el secreto y se había tragado en silencio su dolor y su vergüenza.

Lo que Raoul Caffarelli pensaba de ella era absurdo. Nunca había sido una de esas mujeres que se iba fácilmente con un hombre. Ni siquiera en aquellos años cuando aún conservaba su alegría y su autoestima. Había tenido solo dos relaciones. Una a los diecinueve años, que duró cuatro meses, y otra a los veinte, que había durado seis años. Nunca se había sentido emocionalmente preparada para mantener una relación física plena con un hombre.

Durante su infancia, había visto las relaciones tan desafortunadas que su madre había mantenido con los hombres, y eso le había hecho ser muy precavida con ellos. A menudo, se preguntaba si habría podido evitar lo que le pasó si no se hubiera dejado llevar por su complacencia juvenil.

Pero ahora ya no era tan joven y era más sensata.

Y estaba furiosa. Eso tenía sus ventajas. Así no pensaba en el beso.

¿Cómo había sucedido? Recordó que estaba poniendo a Raoul una gasa en la herida de la frente, y, sin saber cómo, lo estaba besando como si su boca fuera una tabla de salvación. Había sentido sus labios de terciopelo, cálidos y sensuales. Había sentido escalofríos por toda la espalda con los movimientos seductores de su lengua.

Le había gustado. Pero sabía que besar a un paciente estaba completamente fuera de lugar.

Decidió salir al jardín en vez de ir a refugiarse en su habitación. Necesitaba un poco de aire fresco. Llevaba años sin pensar en el sexo. Lo asociaba a la sensación de vergüenza que había sentido aquella vez. Pero, por alguna razón, el beso de Raoul no le había hecho sentir avergonzada. Todo lo contrario, había deseado que hubiera ido más allá.

Había sido tan tierno y delicado...

Eso la había desarmado por completo. Si él le hubiera aplastado la boca entre sus labios de primeras y la hubiera manoseado, ella se habría apartado de él y le habría dicho un par de cosas. Tal vez, incluso, le habría dado una bofetada.

Pero ella se había quedado completamente cautivada por el juego fascinante de sus labios y su lengua. Con sus movimientos lentos y suaves, pero firmes y sensuales, como si hubiera sabido desde el principio que a ella no le gustaban las premuras ni las brusquedades.

Eso había conseguido ablandar y relajar su lado más tenso. Se había derretido bajo el poder seductor de su experimentada boca.

No quería pensar en las experiencias que habría tenido con otras mujeres. Sabía que era un playboy y que, antes de su compromiso con Clarissa, habría tenido mil aventuras.

Sintió el calor de los rayos del sol al bordear el campo donde pastaban los purasangres. Su pelaje era brillante y liso como el satén, sus poderosos cuartos traseros temblaban y su cola se agitaba a uno y otro lado cada vez que una mosca se posaba en su lomo.

Era una hermosa propiedad con sus campos ondulados y sus exuberantes prados. Se preguntó cómo Raoul iba a dirigir aquello en una silla de ruedas. La cría de caballos era un negocio muy exigente que requeriría su presencia física en muchas actividades. Asistir a las subastas, los entrenamientos y las competiciones le resultaría muy complicado. Incluso peligroso. Los caballos eran animales impredecibles, especialmente los purasangres.

Uno de los caballos levantó la cabeza de la hierba y

miró a Lily con unos ojos grandes, que denotaban nobleza e inteligencia. Resopló con fuerza por sus belfos aterciopelados y se aproximó a la cerca, sacudiendo la cola a su paso. Ella alargó el brazo y el caballo bajó la cabeza hacia su mano en busca de alguna golosina.

–No tengo nada para ti. Le pediré una manzana a Dominique –dijo ella, acariciándole la mancha blanca que tenía en la testuz–. Eres una yegua magnífica. Has debido de ganar muchas carreras.

–Hola, soy Etienne –dijo un muchacho de unos quince o dieciséis años, viniendo de los establos y acariciando el cuello del animal–. Esta es la yegua de cría favorita del señor Caffarelli. Se llama Mardi. En su día, ganó todas las carreras menos dos.

La yegua dio al mozo de cuadra un golpe cariñoso con la cabeza y luego resopló de nuevo.

Lily sonrió y le dio unas palmaditas al animal.

–Es muy hermosa.

–¿Sabe montar? –preguntó Etienne.

Lily apartó la mano de la frente del caballo, apagándose su sonrisa.

–Hace mucho que no monto. Acostumbraba a cabalgar en la finca de una amiga casi todos los fines de semana y en las vacaciones pero..., con los años, acabé perdiendo el contacto con ella. No sé si me sentiría muy segura sobre un animal como estos.

Durante meses, después de esa fiesta de cumpleaños, había tratado de mantener su amistad con Georgina Yalesforth, pero al final había acabado distanciándose de ella. Le habría resultado demasiado desagradable tener que volver a encontrarse con Heath, el hermano mayor de Georgie. Lo que más le molestaba de Heath era que pareció haber perdido la memoria de lo que había ocurrido aquella noche. Cuando volvió a verlo, unas semanas después del cumpleaños, se comportó con ella con toda naturalidad, como si nada hubiera pasado, como si no recordara lo que había hecho. Llegó así a la conclusión de que sería más fácil sacrificar su amistad con Georgina que destruir el buen nombre y la reputación de los Yalesforth. Después de todo, ¿qué podía esperar una chica de clase trabajadora como ella si se enfrentaba a una familia de la alta sociedad con un pedigrí de más de doscientos años?

Se habrían reído de ella en los tribunales.

—Debería volver a montar —dijo el mozo de cuadra—. Mardi es muy tranquila.

—Me lo pensaré —replicó ella con una sonrisa.

—¿Cuánto tiempo piensa quedarse con nosotros?

—Una semana.

El chico miró hacia el castillo, luego frunció el ceño y clavó los ojos en ella.

—El señor Caffarelli no ha bajado a las cuadras desde que volvió de la clínica. No creo que haya salido del castillo en todo este tiempo, ni siquiera para pasear por los jardines. Antes, solía pasar casi todo el tiempo aquí con sus caballos. Son su pasión. Su vida. Pero se niega a bajar por lo de la silla de ruedas. Es muy testarudo, ¿sabe?

—Ha sido un golpe muy duro para él —dijo Lily.

—¿Volverá a caminar?

—No lo sé.

—Debe ayudarlo, *mademoiselle*. Él es como un padre para mí, *oui*? Me sacó de los barrios bajos de París y me dio este trabajo. Es un buen hombre, el mejor que conozco. Daría mi vida por él. Todo lo que soy se lo debo a él. Tiene que hacer todo lo que pueda para que se ponga bien. El señor Rafe cree que usted puede conseguirlo. Y Dominique también.

—Me halaga tanta confianza, pero no estoy segura de poder hacerlo en una semana —replicó Lily.

—Entonces, debe convencerlo para que cambie de opinión y pueda quedarse más tiempo. Hablaré con él y le diré que le deje quedarse todo el tiempo que sea necesario.

«Que tengas suerte», pensó Lily mientras regresaba por los jardines del castillo. Raoul Caffarelli podía ser un buen hombre, pero era obstinado como él solo.

Una hora antes de la cena, Lily fue a ver a Dominique, que estaba recogiendo unas hierbas del herbario.

–¿Puedo hablar un momento con usted, Dominique?

–*Oui, mademoiselle* –respondió el ama de llaves, con un manojo de estragón en la mano.

–Estuve hablando antes con Etienne en los establos. Me dijo que el señor Raoul no ha salido del castillo desde que llegó del accidente.

–Es triste pero es así. Y me temo que no saldrá hasta que no pueda andar. Cuando se le mete una cosa en la cabeza no hay quien se la quite.

–Tengo una idea –dijo Lily–. ¿Y si cenamos esta noche en la terraza? Con las vistas tan espléndidas que tiene al lago y la buena temperatura que hace, es una pena quedarse dentro. Será una manera de que el señor Raoul esté al aire libre sin necesidad de salir propiamente del castillo. El aire fresco le sentará bien y, tal vez, desee luego pasear por los jardines.

Los ojos del ama de llaves cobraron un brillo especial. Era una adhesión total a la conspiración.

–Tengo el menú perfecto para una cena al aire libre. Pero ¿cómo va a conseguir que salga?

–No lo sé... –respondió Lily, mordiéndose el labio inferior–. Ya se me ocurrirá algo.

Raoul estaba en su estudio revisando las cuentas de uno de sus proveedores de piensos, media hora antes de la cena, cuando escuchó un suave golpe en la puerta.

—Adelante.

La puerta se abrió y Lily Archer entró en el cuarto.

—¿Llego en buen momento para tener una breve charla?

Él dejó caer la pluma que tenía en la mano, se recostó en la silla y la miró detenidamente. Llevaba su atuendo habitual, un vestido muy sencillo que parecía diseñado a propósito para no llamar la atención, y la cara sin maquillar, limpia y fresca como la de un niño.

Dirigió la mirada a su boca de rosa. Craso error.

Sintió una súbita excitación en la entrepierna. Era el dolor sordo del deseo. Pensó que nunca había probado unos labios tan carnosos y tentadores. Aún podía sentir el movimiento tímido de su lengua y la suavidad de sus labios de terciopelo. ¿Qué sentiría si aquella lengua y aquellos labios tan seductores le acariciasen otras partes de su cuerpo?

—Supongo que es un momento tan bueno como otro cualquiera. ¿De qué quiere hablarme?

—Acabo de conocer a Etienne, uno de sus mozos de cuadra.

—¿Y?

—Me ha hablado muy bien de usted.

Raoul se encogió de hombros, con aire de desdén.

—Le pago religiosamente su salario todos los meses.

—Dijo que usted es como un padre para él.

—Es probable que no guarde un buen recuerdo de su padre. Tal vez, le pegase de pequeño o le tuviera miedo. A los ojos de ese chico, sería un santo cualquiera que se mostrase un poco amable con él. Pero si hay una cosa que no soy, señorita Archer, es un santo. Aún recuerdo los pensamientos que se me pasaron por la cabeza esta mañana en la sala de masajes.

Las mejillas de Lily se tiñeron de un rojo intenso.

—Fue tanto culpa mía como suya.

–¿Se refiere a que mi hermano le pagó para que me prestara esos servicios?

–No. Fue algo que... No sé. Sucedió así.

–No debe volver a ocurrir –dijo Raoul muy serio–. ¿Ha quedado claro?

–Completamente –replicó ella, alzando la barbilla.

Se produjo un silencio tenso durante unos instantes.

–¿Hemos acabado ya, señorita Archer? Tengo que revisar unos documentos muy importantes antes de la cena.

–De eso era de lo que quería hablarle precisamente –dijo ella, con las manos sobre el pecho como una colegiala a la que el director la hubiera llamado al despacho y temiera algún castigo.

–Entonces, por favor, vaya al grano.

–No me está facilitando nada las cosas, señor Caffarelli. ¿Por qué tiene que mostrarse tan... hostil todo el tiempo? Las revistas decían de usted que era el más encantador de los hermanos Caffarelli. Está claro que no se puede creer una palabra de lo que se dice en la prensa. Por lo que he podido ver, es tan encantador como una víbora venenosa.

Raoul le dirigió una mirada penetrante.

–¿Ha terminado ya?

Ella se pasó la punta de la lengua por los labios. Él sintió instantáneamente una oleada de deseo y lujuria entre los muslos.

–Supongo que ya no tiene sentido pedirle que cene conmigo en la terraza, ¿verdad?

–¿Me está invitando a cenar en mi propia casa? –replicó él, arqueando una ceja.

–No exactamente en su casa, sino fuera, en la terraza. Dominique se ha tomado muchas molestias. Hace una noche espléndida para cenar al aire libre.

–¿Forma parte de su terapia hacer que me coman vivo los mosquitos?

–Pensé que le vendría bien un poco de aire fresco, pero veo que prefiere mantenerse en sus trece y encerrarse dentro, alimentando su mal humor y compadeciéndose de sí mismo. Está bien, haga lo que quiera. Cenaré sola –dijo ella, dándose la vuelta y dirigiéndose hacia la puerta, derecha y tiesa como una tabla de planchar.

–Haremos un trato –dijo Raoul.

–¿Qué clase de trato? –preguntó ella, girando la cabeza y mirándolo con recelo.

Él clavó la mirada en su pelo que llevaba recogido en un discreto moño.

–Cenaré con usted en la terraza si se deja el pelo suelto.

Ella puso cara de sorpresa, adoptando una expresión que él no fue capaz de descifrar.

–No acostumbro a llevar el pelo suelto.

Él le dirigió una mirada desafiante.

–¿Hay trato o no hay trato?

Capítulo 7

RAOUL cumplió su parte del trato. Dejó la silla de ruedas automática y utilizó la manual, a pesar de que tardaba en desplazarse el doble de tiempo con ella, porque se había hecho la promesa de no salir del castillo hasta que pudiera hacerlo por su propios medios.

Dominique había puesto una mesa muy bien decorada con un mantel almidonado, flores y velas.

Raoul se quedó allí esperando a que Lily bajara.

Oyó, al poco, el sonido de unos pasos ligeros por las losas del corredor y volvió la cabeza para verla. Tenía el pelo más largo de lo que había pensado y le caía por los hombros como una cascada de color castaño ceniza. Iba con la cara limpia, sin maquillar, y llevaba un vestido suelto y holgado que le daba un aspecto de una chica moderna e independiente.

–Tiene un pelo maravilloso –dijo él mientras ella tomaba asiento a su derecha.

–Gracias.

Raoul no podía apartar los ojos de ella. Era de una belleza inquietante, como las heroínas de Tolstoi o Brontë, con esa palidez y ese aire de mujer reservada e intocable.

–¿Cuándo fue la última vez que se dejó el pelo suelto?

–Ni lo recuerdo –respondió ella, apartando la mirada.

Él sintió un impulso casi irresistible de alargar la mano hacia ella y enterrar los dedos entre sus mechones espesos y sedosos. Podía oler su aroma a jazmín. Sintió una gran excitación. Parecía uno de sus sementales cuando olían a una yegua nueva.

—Debería soltárselo más a menudo.

—Estaba pensando en cortármelo.

—No lo haga.

Ella se encogió de hombros y tomó un vaso de agua de la mesa. Raoul vio cómo se lo llevaba a la boca y tomaba un pequeño sorbo con mucha delicadeza. Era una mujer tan discreta y reservada que resultaba fascinante observarla. Aquella pequeña muestra de debilidad en la sala de masajes había despertado en él una pasión muy especial. Su boca le había revelado todo lo que su voz y sus gestos parecían querer mantener oculto.

Ella lo deseaba.

Se preguntó si sería una mujer muy experimentada. No tenía aspecto de serlo. Sería raro que fuera virgen a los veintiséis años, pero no imposible. Le había dicho que no estaba interesada en tener una relación en ese momento. Eso podía significar que había mantenido una relación estable hacía poco. Tal vez, hubiera acabado mal y estaba ahora tratando de superarla.

Se oyó el gorjeo de los pájaros acomodándose en las ramas de los árboles para pasar la noche. El aire era cálido y tenía la fragancia del olor a la hierba recién cortada. Tuvo la sensación de que llevaba años sin respirar aire fresco, a pesar de que solo hacía unas semanas del accidente.

Sintió un dolor agudo en el corazón al pensar que podría pasar el resto de su vida metido entre cuatro paredes. ¿Cómo podría soportarlo? No se sentía vivo si no desarrollaba una actividad física intensa. Le gustaba sentir la adrenalina en las venas cuando acometía un aventura de riesgo, deslizándose por la pista de esquí con mayor pendiente o escalando la ladera más vertical de una montaña. Había vivido al límite porque se sentía reconfortado con los retos físicos que él mismo se planteaba. ¿Cómo iba a conformarse ahora con una vida sedentaria?

—Hábleme de su vida en Londres.

—Es muy monótona. Carece de interés para un hombre como usted —respondió ella.

—No llevo esa vida libertina que dicen los periódicos. Comparado con Remy, mi hermano menor, podría decirse que soy más bien conservador. Después de todo, estaba a punto de sentar la cabeza y casarme —añadió él, llevándose la copa de vino a la boca pero sin llegar a probarlo.

Ella lo miró con sus grandes ojos de color azul oscuro.

—¿La echa de menos?

Raoul tuvo que hacer ahora un esfuerzo para recordar la imagen de Clarissa Moncrieff. Ni siquiera se acordaba de si era rubia natural o bien usaba tinte. ¿Y sus ojos? ¿Eran grises o azul claros?

—No recuerdo haber estado solo tanto tiempo. Pero echarla de menos... no.

—¿No le parece eso algo extraño, teniendo en cuenta que iba a casarse con ella?

—No me gusta tener que depender de nadie. La gente acaba siempre defraudándote si se les da demasiada confianza. Por mucho que parezca que te quieren y que se preocupan por ti, siempre habrá una situación en la que te dejarán tirado en pro de sus propios intereses.

—Pero sus hermanos, tanto Rafe como Remy, están siempre pendientes de usted, ¿no es cierto?

—Rafe tiene ya bastante con Poppy. Está convencido de que ha encontrado la felicidad. Quiere que me recupere en seguida para poder casarse y tener hijos. Pero no se deje engañar por Remy. Parece muy sensato, pero todo lo que hace es solo en su provecho. Es el encargado de la política de inversiones. Busca empresas en crisis, inyecta capital en ellas, establece estrategias corporativas para sacarlas a flote y mejorar sus márgenes de beneficios, y luego las revenda. Se metió en ello a gran escala, hace unos años, cuando nuestro abuelo perdió una de nuestras principales empresas en una fusión que resultó un fracaso. Remy ha hecho de ello el objeto de su vida. Quiere hacer justicia o lo que él entiende por tal.

—¿Cree que será capaz de conseguirlo?

Raoul frunció el ceño y tomó un vaso de agua.

—Si le soy sincero, no estoy muy seguro. Rafe y yo nos tememos que eso pueda estallarle en las manos en cualquier momento. Henri Marchand, el hombre que embaucó a mi abuelo, es muy sagaz en los negocios. Y su hija Angelique es aún más inteligente. Se armará una buena si se cruza en el camino de Remy. Se odian a muerte. No creo que haya una persona a la que Remy odie más que a Angelique.

—¿Por qué la odia tanto?

—No lo sé... Tal vez, no la odie tanto como cree, pero no lo quiere admitir. Si piensa que yo soy terco, espere a conocerlo a él.

—La obstinación parece ser un rasgo común de la familia.

—Sí, pero, en mi experiencia, la gente obstinada y con determinación es la que consigue las cosas. Marcarse objetivos y trabajar sin descanso es la única manera de salir adelante. Como dice el refrán, si uno no persigue un objetivo, nunca lo conseguirá.

—Sí, pero no todos los objetivos se pueden alcanzar. Es conveniente fijarse metas que sean realistas y factibles. No todo el mundo puede ser una estrella de Hollywood o un empresario multimillonario, por mucho que se empeñe.

—Usted no es muy dada a asumir riesgos, ¿verdad, señorita Archer? —dijo Raoul en tono irónico.

–Supongo que, comparada con alguien como usted, debo de parecer muy mojigata.

–¿No ha sentido nunca la tentación de salir de su confortable burbuja?

–No, si puedo evitarlo –respondió ella, desviando la mirada.

Él se quedó mirándola unos instantes. Con el pelo suelto enmarcando su rostro en forma de corazón, tenía una belleza etérea a la luz dorada del atardecer. Era la primera vez que encontraba realmente hermosa a una mujer sin maquillaje y desprovista de todo tipo de adornos.

Clavó los ojos en su boca. Aún recordaba su sabor dulce y húmedo. Todavía podía sentir el juego tímido de su lengua junto a la suya.

Volvió a sentir una gran excitación entre los muslos.

Ella alzó la vista como si él la hubiera convocado secretamente con sus pensamientos. Él vio el fulgor de su atracción femenina y la forma en que sus mejillas se tiñeron levemente de rosa. Vio luego cómo se pasaba la lengua por los labios y se tornaban más húmedos y brillantes.

Sintió un deseo ardiente corriendo por sus venas y una erección cada vez más poderosa. La deseaba y, sin embargo, sabía que no podía tenerla. La afición que su abuelo había tenido, toda la vida, de acostarse con las criadas le había hecho ser muy precavido sobre ese aspecto. Prefería relacionarse con mujeres de su misma clase. Por eso, Clarissa Moncrieff podía haber sido la esposa perfecta. Pertenecía también a una familia rica. No había peligro de que fuera una cazafortunas, ya que tenía tanto dinero, si no más, que él. Se asombró de no recordar cuándo había sido la última vez que se había acostado con ella. De lo que estaba seguro era de que la habría dejado satisfecha. Nunca había tenido queja de ninguna mujer sobre ese aspecto. Era algo que tenía muy a gala. Después de todo, tenía una reputación que mantener. Pero siempre manteniendo el control de la situación. Ser esclavo de la pasión había destruido a muchos hombres y él no quería añadir su nombre a la lista.

Dominique apareció en la terraza con los entrantes. Parecía muy satisfecha de sí misma e intercambió una mirada de complicidad con Lily antes de poner los platos en la mesa.

—Hace una noche maravillosa. Ideal para cenar al aire libre. Se ve todo tan romántico...

Raoul arqueó las cejas, tan pronto se alejó el ama de llaves.

—¿Romántico?

—El objetivo era conseguir sacarle del castillo aunque solo fuera por una hora o dos. No había ninguna intención romántica en ello, se lo aseguro.

—¿Por qué tengo la impresión de que todo el personal de esta casa está conspirando contra mí?

—Todo lo contrario. Se preocupan por usted, especialmente Etienne.

Raoul miró a lo lejos, más allá del lago, donde los purasangres pastaban en los prados. Podía ver a su mozo de cuadra cargando una bala de heno. Aquel muchacho esmirriado, que se había acercado una noche a él en una callejuela de París a pedirle comida, se había convertido en uno de los empleados clave de su hacienda. Etienne se había criado en la inmundicia y el abandono, había aprendido a desconfiar de todo el mundo, rechazando a cualquiera que intentara acercarse a él. Le había costado meses ganarse su confianza, pero ahora el muchacho llevaba los establos a la perfección. Se entendía muy bien con los caballos. Los prefería a la gente. Igual que él.

Los caballos podían ser esquivos o nobles, dóciles o intrépidos, pero cuando uno se ganaba su confianza le obedecían ciegamente. Era tan gratificante ver a un potro salvaje convertirse en pocos años en todo un campeón. Él había vendido potros y potrancas de uno y dos años a las cuadras más importantes del mundo. Había visto cómo sus caballos habían cruzado primeros la línea de meta en algunas de las carreras más prestigiosas del mundo.

¿Cómo iba a manejar ahora ese negocio desde la barrera?

Porque no se trataba solo de la cría de caballos, sino de las competiciones. No podía pensar en una tortura peor que tener que ver una carrera sentado. Nadie se quedaba sentado cuando los favoritos se acercaban a la línea de meta. Todo el mundo se ponía de pie y hasta daba saltos, hubiera hecho apuestas o no. Era un espectáculo que le ponía a uno la carne de gallina.

¿Qué sentido tendría ahora asistir a una carrera?

—Supongo que ha urdido esta pequeña conspiración con Etienne para que vuelva a bajar a las cuadras. Pero la cena en la terraza no me va a hacer cambiar de opinión. No bajaré a ver a los caballos hasta que no pueda hacerlo por mi propio pie.

—Creo que está llevando su obstinación demasiado lejos. Hay mucha gente con limitaciones físicas que lleva sus negocios con absoluta normalidad.

—Me parece que no entiende lo que le estoy diciendo, señorita Archer. No quiero dirigir mi negocio desde una silla de ruedas. Antes prefiero venderlo.

—Pero Etienne me dijo que los caballos son su pasión.

—Tengo otras pasiones.

Las mejillas de Lily se encendieron de nuevo, pero su voz sonó con la acritud de una solterona.

—Estoy segura de ello.

—Veo que no es muy indulgente con las pasiones de la gente.

—Solo si no resultan dañadas otras personas —replicó ella muy serena.

—¿Ha sufrido algún desengaño amoroso, señorita Archer?

—No he estado nunca enamorada.

–Pero la ha herido alguien, ¿verdad?

Ella desvió la mirada mientras tomaba el vaso de agua.

–Supongo que eso es algo que a todo el mundo acaba pasándole alguna vez.

Raoul la observó detenidamente mientras ella tomaba un poco de agua. Parecía muy serena, pero sospechaba que detrás de esa fachada se ocultaba una mujer sensual y apasionada. Él mismo había sido testigo de esa pasión y deseaba volver a sentirla.

Deseaba llevársela a la cama, pero sabía que eso era una locura que debía alejar de su pensamiento. Probablemente, lo único que le pasaba era que llevaba varias semanas sin sexo.

«Olvídate de eso», le dijo una voz interior. «Bastantes complicaciones tienes ya en la vida».

Sintió que todas esas discusiones inútiles estaban empezando a marearle. No estaba de humor para una aventura, aunque su cuerpo se lo pidiese. A él, le gustaba llevar el control de sus relaciones, aunque, por otra parte, también le atraía la idea de enamorarse.

Sus hermanos y él se habían criado rodeados del amor de sus padres. El amor y el compromiso habían sido los factores clave de su relación. Habían tenido, por supuesto, sus discusiones, pero nunca habían dejado que se interpusieran en su matrimonio. Los conflictos podían resolverse y los desaires perdonarse, pero lo que había que salvaguardar siempre era la llama del amor.

Sin embargo, él no había hallado nada parecido en ninguna de sus relaciones.

Rafe, en cambio, sí parecía haber encontrado en Poppy el amor de su vida. Su hermano había sido siempre un adicto al trabajo, pero ahora estaba pensando en tomarse unas buenas vacaciones para su luna de miel. Poppy lo había convertido en otro hombre. Ahora defendía el amor con la misma fuerza con que antes lo había rechazado. Deseaba formar una familia.

«¿Es eso lo que tú deseas también?», se preguntó él.

Trató de imaginársela: una esposa maravillosa, dos o tres hijos, un perro y... una silla de ruedas.

Se le revolvían las tripas solo de pensar en no poder caminar al lado de sus hijos cuando dieran los primeros pasos, ni llevarlos de la mano el primer día de escuela. No podría llevarlos en brazos, ni jugar al fútbol con ellos o enseñarlos a nadar y a esquiar.

Y, si tuviera una hija, no podría llevarla del brazo al altar el día de su boda.

Le resultaba imposible conciliar la idea de ser padre con la de estar en una silla de ruedas.

No quería serlo mientras no fuera un hombre completo.

El destino podía ser, a veces, muy cruel privándole a uno de lo que más deseaba. No quería pasarse el resto de la vida suspirando por lo que había perdido. Pero ¿cómo podía conformarse con una vida que carecía de las cosas más elementales para cualquier persona?

La voz de Lily le sacó de sus tristes pensamientos.

—¿Le duele algo?

—¿Por qué lo pregunta?

—Me ha parecido verle un tanto apesadumbrado y pensé que podría sentirse incómodo. Lleva hoy mucho tiempo sentado.

—¿Cómo quiere que trabaje si no en el ordenador? —replicó él con un tono de frustración.

—¿No tiene un ordenador portátil? Podría tumbarse y trabajar en esa posición. Aliviaría mucho la presión sobre los discos de las vértebras.

—No uso la cama para trabajar, sino para dormir o para el sexo. Aunque, últimamente, ni para lo uno ni para lo otro. No puedo recordar la última vez que dormí más de un par de horas seguidas.

—¿Ha intentado tomar algún medicamento para romper esa tendencia?

–No me gustan las adicciones, señorita Archer. De ningún tipo. A pesar de lo que pueda pensar sobre el consumo de alcohol que hago últimamente, solo me he emborrachado un par de veces en la vida y me arrepentí de ello en ambas ocasiones.

–Solo pensé que podría serle de ayuda...

–¿Sabe lo que de verdad podría serme de ayuda? Hacer ejercicio físico. No me siento vivo si no siento la sangre corriendo por las venas. Para mí, no hay otra forma de vivir.

–Lo siento –replicó ella, con una mirada compasiva que le hizo sentirse culpable.

–Yo soy el que debería disculparse –dijo él, aunque no estaba acostumbrado a pedir perdón a nadie–. Necesito estar solo. Creo que no soy una compañía muy agradable en estos momentos.

–Yo no he venido aquí a divertirme.

–Ya lo sé. Solo ha venido por el dinero, ¿verdad?

Lily alzó la barbilla, desafiante. Su mirada compasiva se desvaneció como por encanto.

–Sí, señor Caffarelli. Trabajo por dinero. No tengo millones en el banco como usted. Siento si le ofende lo que voy a decirle, pero, francamente, si no fuera por el dinero que su hermano me da, no pasaría un minuto más a su lado.

Dejó la servilleta bruscamente a un lado como si arrojara un guante buscando un duelo y echó la silla hacia atrás para levantarse.

–Siéntese, señorita Archer –ordenó él.

–¿Para qué? ¿Para seguir escuchando más insultos y groserías? No, gracias. Se me ocurren otras formas mucho mejores de pasar la noche.

Raoul apretó la mandíbula con tanta fuerza que sintió los dientes rechinar como el granito contra una piedra de afilar.

–Hará lo que yo le diga. ¿Me oye? Siéntese.

Ella lo miró como si quisiera fulminarlo con la mirada.

–Creo que ahora comprendo por qué su novia rompió el compromiso. No lo hizo por el accidente ni por las lesiones, sino por el carácter tan egoísta y arrogante que tiene.

Raoul nunca había conocido una mujer como ella, capaz de discutir sus opiniones. Estaba acostumbrado a tratar con mujeres que hacían lo que él decía, antes incluso de que lo dijera. Lily Archer era obstinada y rebelde y no perdía ocasión de criticarle y echarle en cara sus defectos. ¿En qué había estado pensando su hermano para llevar allí a una mujer como ella? Cuanto antes se marchase con su maldito dinero, mucho mejor.

–¡Fuera de mi vista!

–¿Ve lo que le decía? –replicó ella con descaro–. Tiene un humor de perros y no hay quien le entienda. Ninguna mujer en su sano juicio podría soportarlo, por muy rico que sea.

–Quiero que esté fuera de aquí mañana, como muy tarde –dijo él, apretando los labios.

–Muy bien –replicó ella, sosteniendo su mirada–. Iré a hacer el equipaje ahora mismo.

«Le has dado justo lo que estaba esperando», le dijo a Raoul una voz que parecía salir de su cerebro. «Quería salir de la cárcel y acabas de firmarle un salvoconducto».

Lily se cruzó al salir con Dominique, que entraba con los segundos platos. El ama de llaves miró a Raoul con cara de desolación.

–¿Qué ha pasado? Pensé que estaban empezando a congeniar.

Raoul apartó la silla de ruedas de la mesa con cara de pocos amigos.

–No me pregunte nada o la despido en el acto.

Capítulo 8

NO PODÍA dormir. Hacía una temperatura bastante alta esa noche de verano. Pero, tal vez, no fuera por el calor, sino por el sofoco que tenía. Lily había hecho ya el equipaje y estaba lista para marcharse, tal como Raoul Caffarelli le había ordenado. Sin embargo, en el fondo, deseaba quedarse, por duro que se le hiciese. Marcharse sería tanto como admitir la derrota.

Raoul era ciertamente un reto. A pesar de su carácter tan fuerte y obstinado, presentía que era un hombre esencialmente bueno. Había sacado a Etienne de aquellos suburbios de París y le había prestado su ayuda. Trataba al personal del castillo con cordialidad, aunque con cierta distancia. No había dicho ni una mala palabra contra su exprometida, a pesar de la forma en que lo había abandonado. ¿No era eso prueba suficiente de su honradez y su nobleza?

Estaba enojado y amargado porque le resultaba duro enfrentarse a lo que le había sucedido. Ella comprendía su estado de ánimo mucho mejor de lo que él se imaginaba, porque había pasado por algo parecido. Había rechazado a todos los que habían querido acercarse a ella. Se había sentido terriblemente sola, pero había preferido eso a involucrarse emocionalmente con nadie.

¿No estaba haciendo él lo mismo?

Ella, quizá, podía ayudarlo. Sería una vergüenza, por su parte, marcharse y dejarlo a su suerte. No sería muy ético volver a Londres tan pronto. Pero eso no era culpa suya. Raoul Caffarelli era capaz de poner a prueba la paciencia de un santo y ella estaba lejos de serlo. Especialmente, cuando estaba con él. Él parecía sacar lo peor de ella. Era grosero y arrogante.

Se alegraba de marcharse. Era lo mejor que podía hacer.

En realidad, ella no había querido ir allí. Su vida estaba en Londres. Podía ser una vida algo monótona y aburrida, pero al menos no tenía que vérselas con hombres groseros y arrogantes.

Apartó la colcha a un lado y se dirigió a la ventana para contemplar los jardines iluminados por la luna. Había una piscina en la parte de atrás del jardín. Era una verdadera tentación para refrescarse del calor y la humedad pegajosa que hacía esa noche. Hacía mucho que no nadaba. Trabajaba con los pacientes en la piscina de hidroterapia de la clínica, pero no podía decir que eso fuera nadar. Pasaba la mayor parte del tiempo de pie, con el agua hasta la cintura, supervisando los ejercicios de los pacientes. Solía llevar un modesto traje de baño de una sola pieza con una camiseta de manga larga. Ella decía que era para protegerse la piel del cloro.

La idea de darse un baño en una noche cálida a la luz de la luna era una tentación difícil de resistir. Dado lo reacio que Raoul era a salir al aire libre, no parecía probable que la viera bañándose a esas horas de la noche. Sería su manera de desafiarle por última vez. Usaría su piscina sin su conocimiento y disfrutaría cada minuto de su pequeño acto de rebeldía.

Tomó el bañador y la camiseta. ¿Eran imaginaciones suyas o la tela del traje le parecía más gruesa e incómoda de lo habitual? Tras un instante de duda, lo dejó a un lado y se puso un sujetador, unas bragas y una camiseta. Si iba a nadar, lo mejor sería ir con la ropa adecuada.

Vestida con su improvisado biquini, tomó una toalla

del cuarto de baño y bajó las escaleras de puntillas, pendiente de cualquier ruido. Pero solo el tictac del viejo reloj del abuelo, colgado en el segundo rellano, rompía el silencio de la noche.

Las losetas que bordeaban la piscina aún estaban calientes por el sol que había estado dando todo el día, pero, cuando metió un pie en el agua, comprobó que estaba agradablemente fresca.

Se sentó en el borde de la piscina y se puso a chapotear con los pies en el agua. Luego tomó aire y se zambulló lentamente. Su pelo se extendió por la superficie del agua, abriéndose en abanico y ejecutando una especie de baile acuático. Se sumergió finalmente en la piscina y se puso a bucear como una sirena, sintiéndose tan libre y desinhibida como hacía años que no se sentía.

Volvió a subir a la superficie y se puso a hacer una serie de largos. Los movimientos de sus brazos y sus piernas eran rítmicos y cadenciosos. Comenzó a sentirse más relajada.

Perdió así la noción del tiempo. No sabría decir cuánto llevaba nadando. Al principio, había tratado de llevar la cuenta de los largos que iba haciendo, pero su mente se había quedado en blanco después de los diez primeros. Disfrutaba nadando, sintiendo el agua sobre su piel. Se sentía ligera, sin peso, como si flotara. Pero, al mismo tiempo, fuerte y revitalizada. Con la actividad física, la sangre parecía correr con más alegría por sus venas después de todo el tiempo que había estado metida en aquel castillo.

Salió finalmente a la superficie, se echó el pelo hacia atrás y se quitó el agua de la cara. Pero cuando abrió los ojos, encontró a Raoul, al borde de la piscina, sentado en su silla de ruedas, observándola con su expresión inescrutable habitual.

–¿Cuánto tiempo lleva aquí? –preguntó ella.

–El suficiente.

–Supongo que habrá visto lo mala nadadora que soy –dijo ella sin atreverse a mirarlo a los ojos.

–Al contrario, se mueve en el agua como un delfín. Aunque debe resultarle muy molesto nadar con esa camiseta. Debe de notar como si llevara una rémora encima.

–No me gusta nadar en público –replicó ella.

–No creo que esta piscina pueda considerarse pública –dijo él, arqueando una ceja con ironía.

–Usted está aquí.

Él la miró detenidamente como tratando de desentrañar sus pensamientos.

–¿No era ese el objetivo que andaba buscando? ¿Sacarme del castillo?

–Voy a salir. Empiezo a notar frío –dijo ella, envolviéndose el cuerpo con los brazos, confiando en que no hubiera bastante luz para que él pudiera verla con detalle.

–¿Y?

–Preferiría que se fuera.

Él la miró fijamente de nuevo y se detuvo en la parte superior de su cuerpo, recreándose por un instante en sus pechos firmes y turgentes. Ella cruzó los brazos y entonces sus pechos se elevaron seductoramente. Se estremeció al sentir su mirada de deseo.

–Que yo sepa, este castillo y esta piscina me pertenecen. Si alguien está invadiendo aquí una propiedad privada, es usted.

–No pienso salir de la piscina hasta que se vaya.

Él sonrió con aire displicente y un brillo especial en sus ojos de color miel.

–Pues yo no me iré hasta que salga.

Era un desafío. Lily sintió que el agua estaba poniéndose cada vez más fría. Tenía la piel de gallina y la camiseta empapada y pegada al cuerpo. ¿Sería la luna lo bastante discreta como para que no dejarle ver las cicatrices de los brazos? Aunque, ¿qué podía ya importarle? Se marcharía con los primeros rayos del sol. Ya tenía el equipaje preparado y Dominique le había pasado por debajo de la puerta, hacía un par de horas, los detalles del vuelo que él le había reservado.

–¿Me da la toalla?

Era solo una concesión para desbloquear la situación, pero no estaba dispuesta a dejarse ganar la batalla tan fácilmente.

–Me gustaría verla nadar un par de largos sin la camiseta.

–¿Perdón?

–Quítesela –dijo él, clavando los ojos en los suyos.

Ella sintió un escalofrío al oír aquella simple palabra pronunciada en un tono tan autoritario.

–Me la quitaré si se mete conmigo en la piscina.

Lily se arrepintió en seguida de haberlo desafiado. ¿En qué estaba pensando? ¿No sabía de sobra ya lo que le gustaban los desafíos?

–Muy ingeniosa –replicó él con una media sonrisa–. Una buena táctica.

–Entonces... –dijo ella, tragando saliva–. ¿Se va a meter?

Él acercó la silla de ruedas al borde de la piscina y se desabrochó la camisa sin dejar de mirarla a los ojos. Lily sintió que comenzaba a quedarse sin respiración conforme su torso iba quedando al descubierto. Él terminó de desabrocharse el último botón y arrojó la camisa a un lado.

Ella tragó saliva cuando él comenzó a soltarse el cinturón de los pantalones. ¿De verdad, estaba dispuesto a meterse en el agua?

–No sé... quizá esto no sea una buena idea. ¿Qué pasará si se le moja la escayola?

–Me tendrían que poner otra. De todos modos, van a quitármela dentro de dos semanas.

–No puede saltarse alegremente las indicaciones de los médicos y hacer lo que quiera.

–La terapia acuática formaba parte de su plan de rehabilitación, ¿no es así?

–Sí, pero me dijo que no quería verme aquí un solo minuto más. Oficialmente, estoy fuera de servicio. Usted me despidió. No tengo obligación de... Pero ¿qué está haciendo?

–Desnudarme.

–¡No puede hacerlo! –exclamó ella, tapándose los ojos con las manos.

–Siempre nado desnudo cuando estoy en mi casa. Si no quiere verme, no mire.

¿Cómo no iba a mirar? Ella separó ligeramente los dedos y echó una pequeña miradita. El cuerpo de Raoul parecía una escultura del museo del Louvre, perfectamente labrada y tallada. Era el cuerpo de un hombre en la plenitud de su vida. Fuerte, musculoso y muy viril, a juzgar por el volumen que se adivinaba bajo sus calzoncillos negros.

¿Pensaría quitárselos también?

Lily separó los dedos un poco más para ver cómo el bíceps de su brazo izquierdo se tensaba al descargar todo el peso del cuerpo sobre él mientras trataba de bajarse de la silla. Se había dejado los calzoncillos puestos. Ella imaginó que le resultaría difícil quitárselos sentado en la silla de ruedas y se los quitaría luego dentro del agua...

Casi se quedó sin aliento al verlo sumergirse y ver su torso acariciado por el agua. Sintió que se le erizaban los pezones como si él los hubiera tocado. Notó que pugnaban por salirse de su sostén empapado como si quisieran verse libres de aquella prisión.

Sintió un estremecimiento y una desazón en el vientre al ver sus hombros anchos y rectos, y sus bíceps de nadador habitual. Su torso estaba cubierto de abundante vello que se extendía hasta sus pectorales, estrechándose hacia su abdomen liso y duro como una tabla de lavar, para desaparecer luego tentadoramente bajo los calzoncillos.

«Cálmate, chica, recuerda que tienes un par de pulmones. Son para respirar».

Lily respiró hondo, pero sintió una aleteo en la tráquea como si tuviera dentro una polilla atrapada luchando por salir. El corazón le latía con fuerza en el pecho y el deseo que creía muerto y enterrado hacía tiempo parecía revivir con fuerza gritando: «¡Estoy vivo!».

Raoul se sujetó del borde de la piscina con la mano izquierda y se desplazó así hasta la zona más profunda donde podía flotar con mayor facilidad, manteniendo la cabeza y los hombros fuera del agua. Por primera vez, ella se dio cuenta exacta de lo alto que era. Descalza, no le llegaría ni a la barbilla.

–¿Cómo se siente? –preguntó ella.

–Húmedo.

Lily no podía ver la expresión de su rostro ya que estaba en la sombra que proyectaban los arbustos que rodeaban la piscina, pero tuvo la sensación de que no se sentía a gusto del todo en el agua. Tal vez, le viniese a la memoria el recuerdo de su accidente y la idea de que podía haberse ahogado. ¿Cuánto tiempo habrían tardado en prestarle ayuda? ¿Cuánto tiempo habría estado luchando por mantenerse a flote con el brazo roto y la columna vertebral dañada?

Pero un desafío era un desafío y ella no iba a darse por vencida.

Se acercó a él, nadando suavemente en el agua.

–¿Quiere que le eche una mano?

–En este momento, un par de piernas suelen resultar de gran ayuda. Pero me temo que las mías no me van a ser de mucha utilidad.

–¿Puede moverlas algo? A veces, en el agua, se es más consciente de la sensibilidad que uno tiene en el cuerpo.

–Soy muy consciente de mi cuerpo.

Lily pudo ver ahora su expresión y sintió un extraño calor en el vientre al ver su cara de deseo. Estaba cautivada de su cuerpo. Realmente cautivada.

Una de sus piernas rozó con las suyas debajo del agua. Una mezcla súbita de sensaciones recorrió todo su cuerpo hasta el centro mismo de su feminidad.

Él dirigió la mirada hacia su boca con una expresión inequívoca de desear besarla.

–No consigo comprenderla. Hace unas horas, quería que estuviera en la terraza al aire libre y ahora quiere que esté en el agua. ¿Qué será lo siguiente?

–Que se disculpe conmigo.

–¿Por qué?

–Por decirme eso de: «¡Fuera de mi vista!».

Él clavó los ojos en los suyos. Ella pudo ver la batalla que estaba librando por dentro.

–Desde el primer momento, le dije que no quería verla aquí.

–Hay otras formas más amables de prescindir de los servicios de una persona que despedirla de la mesa como a un niño que se ha portado mal –replicó ella, apartándose unos centímetros.

–Usted se pasó de la raya.

–¿Porque me atreví a criticar su carácter?

–No –respondió él con una mirada tan dura como el diamante–. Porque no hizo lo que le dije.

–Supongo que está acostumbrado a que la gente le haga reverencias porque está forrado de dinero, ¿no? Lo siento, pero, en mi opinión, el respeto es algo que debe ganarse y no comprarse. Y, para que lo sepa, no admito órdenes de nadie ni me dejo intimidar fácilmente.

–Parece que estamos en un callejón sin salida, señorita Archer, porque yo no pienso pedirle disculpas ni usted parece dispuesta a acatar mis órdenes.

—No me importa volver mañana, si es necesario. Pero ahora me iré, siguiendo sus instrucciones. Y déjeme decirle que me voy encantada. Contenta. Muy contenta. Eufórica, si le soy sincera.

—No lo dudo. Ha estado buscando la forma de marcharse desde el primer día que llegó. Sé que estoy haciéndole el juego diciéndole que se vaya.

—Usted no es precisamente mi tipo de paciente preferido.

—¿Por qué? ¿Porque soy un hombre?

—Porque es arrogante e insufriblemente grosero.

El aire cálido de la noche parecía cargado de electricidad mientras los ojos dorados de Raoul libraban un combate silencioso con los de ella. Pero parecía algo más que una simple confrontación de voluntades.

—¿Por qué lleva una camiseta?

La pregunta, tras aquellos segundos de silencio, pareció sorprenderla por un instante.

—Porque... tengo la piel muy sensible.

—La luna no tiene rayos UVA.

Ella se cruzó de brazos y lo miró como si quisiera fulminarlo con la mirada.

—Ja, ja.

Él clavó los ojos en sus pechos una vez más y luego se fijó en sus antebrazos.

—¿Qué le pasó en los brazos? —preguntó él con un gesto mezcla de preocupación e interés.

Lily dejó caer los brazos y los metió dentro del agua.

—Nada.

—Parecen cicatrices de cortes bastante profundos hechos con una cuchilla de afeitar. ¿Le dieron muchos puntos? ¿Tuvieron que hospitalizarla?

—No.

Lily apretó los labios. No le gustaba hablar de ese amargo episodio de su vida. No quería tener que dar explicaciones de lo que le había llevado a hacer lo que había hecho. Lo único que quería era olvidarse de ello, pasar página y seguir adelante.

–¿Se cortó en más sitios? –preguntó él, ahora con una voz más suave.

Ya no era la voz de un juez, como antes. Eso la sorprendió. Y la desarmó por completo.

Dejó escapar un suspiro de resignación. Después de todo, se iba a marchar esa misma mañana. ¿Qué podía importarle ya lo que él pensase de ella?

–Sí, en los muslos.

Él hizo una gesto de dolor como si sintiera cada uno de esos cortes en su propia carne.

–¿Qué pasó?

–Sangré mucho.

Él frunció el ceño, disgustado por su nota de humor negro.

–Me refiero a cuando se cortó. ¿Qué pasó para que hiciera una cosa así?

–Fue hace ya unos años. Estaba atravesando un época muy difícil de mi vida. Busqué una forma de descargar mi frustración. No fue, desde luego, la mejor solución a mis problemas...

–¿Drogas?

–No.

–¿Problemas de pareja?

Ella tosió de forma artificial y esbozó una amarga sonrisa.

–Podría llamarse así.

–¿Quiere hablar de ello?

–No.

–¿Sigue haciéndose cortes?

–No, por supuesto que no –replicó ella con un gesto de indignación.

Él sostuvo su mirada como si quisiera desentrañar todos los secretos que trataba de ocultar.

–Me gustaría salir de la piscina –dijo ella con una

mirada altiva–. ¿Tengo que pedirle permiso o quiere quedarse ahí de pie viendo cómo me muero de frío?

–No estoy de pie –señaló él con ironía–. Solo estoy apoyado. Y usted no se está muriendo de frío. Lo que tiene es miedo.

–Desde luego, no de usted –replicó ella, alzando la barbilla con gesto desafiante.

–Me alegra oírle decir eso. No podríamos trabajar juntos si me tuviera miedo.

–¿Quiere volver a trabajar conmigo? –exclamó ella sorprendida–. Pensaba que...

–Me gustaría que se quedara todo el mes. Le pagaré el doble de lo que mi hermano le ofreció.

Ella lo miró sin poder dar crédito a sus oídos. ¿Por qué había cambiado de opinión? ¿Había sido por sus cicatrices? A la mayoría de las personas le daba asco verlas. ¿Por qué a él no?

«¿Y a ti qué más te da?», pensó ella. «Piensa solo en el dinero. ¡Dos años de salario por solo un mes de trabajo!».

–No comprendo...

–Me seduce la idea de llegar a conocerla, Lily Archer. Tengo la impresión de que nadie lo ha conseguido hasta ahora.

–Supongo que me ve como otro reto a superar –dijo ella recelosa.

–No –respondió él, mirando su boca–. La veo como una tentación difícil de resistir. Por eso, he decidido caer en ella.

Y, antes de que pudiera reaccionar o apartarse de él, la besó.

Capítulo 9

LILY sintió que todas las células de su cuerpo se estremecían de placer al sentir la boca de Raoul sobre la suya. Sabía a menta y a calor masculino, una mezcla embriagadora que casi consiguió hacerle perder el sentido. Sus lenguas se juntaron, estableciendo una danza erótica que hizo que sintiera como si estuviera dando, por dentro, una serie de frenéticos saltos mortales. Fue un beso mucho más profundo que el anterior, más entregado. Más irresistible.

Tenía su cuerpo pegado al suyo. Podía sentir su erección presionando sobre su vientre, quemándola como una tea ardiente. Sentía su deseo llamando al suyo con una fuerza primitiva. No recordaba haber experimentado nunca una atracción sexual tan fuerte. Nunca antes su cuerpo había respondido con esa sintonía y entrega al contacto de un hombre. Era un deseo tan fuerte y apremiante que ni siquiera trató de hallar una excusa para luchar contra él. Sintió que su cuerpo se derretía, como la cera se funde con el calor, al entrelazar las piernas entre las suyas.

Hombre con mujer, dureza y suavidad. Era una mezcla poderosa de hormonas y deseos que bullían y hervían a fuego lento dentro del agua de la piscina.

Ella deseaba más.

Deseaba sentir las manos y la boca de Raoul en sus pechos. Pero estaba tan desentrenada que no sabía cómo comunicarle sus deseos. Emitió un gemido, apretando los labios un poco más contra los suyos, consciente de que él estaba apoyando todo el peso del cuerpo sobre el brazo bueno.

Él la besó de nuevo, al principio suavemente y luego de forma más profunda y apasionada. Ella le devolvió el beso con tanto fervor que llegó a pensar que lo deseaba mucho más que él a ella.

De alguna manera, consiguieron llegar a los escalones de la piscina, de forma que él pudo sentarse y ella colocarse entre sus muslos. Él le acarició suavemente los pechos con las manos mientras le frotaba los pezones, cada vez más duros y erectos, con las yemas de los pulgares y la besaba en la boca, lamiendo sus labios, saboreándolos con pequeños mordiscos y excitantes roces. Ella sintió disiparse por completo todos sus miedos y temores. Solo tenía una idea en la mente: satisfacer su deseo.

—Quiero hacer el amor contigo —dijo él, apartando la boca apenas una fracción de segundo.

Lily reflexionó sobre lo que estaba haciendo. ¿En qué estaba pensando, besando a Raoul como si su vida dependiera de ello? Ella no era de ese tipo de chicas. No tenía experiencia en cuestiones de sexo. No le gustaba frivolizar sobre eso. Iba en contra de sus principios.

—Lo siento –respondió ella, bajando la mirada–. No estoy preparada para esto. No debería haberte dado la impresión de que estaba... interesada. Normalmente, no soy tan... impulsiva.

—No tienes por qué disculparte.

—¿No estás... enfadado? —preguntó ella, mirándolo de nuevo a los ojos.

—¿Por qué iba a estarlo?

—Dijiste que querías hacer el amor...

—Puede que sea muy testarudo, pero nunca obligaría a una mujer a tener relaciones sexuales en contra de su voluntad. Ningún hombre con un mínimo de decencia haría una cosa así.

Lily se mordió el labio inferior, impresionada por la serenidad y el control que demostraba. No había en él ninguna señal de ira ni de resentimiento. Solo respeto y consideración.

Las emociones que ella creía haber dejado encerradas bajo siete llaves emergían ahora, impulsadas por un resorte como el muñeco de una caja de sorpresas. Las lágrimas que había jurado no volver a derramar jamás brotaron, sin embargo, de sus ojos. Ahogó un sollozo y hundió la cabeza entre las manos.

–Vamos, vamos –dijo él con un tono de comprensión.

–Lo siento –replicó ella limpiándose las lágrimas con la mano–. Debes de pensar que soy un tonta.

–En absoluto.

–Eres el primer hombre que he besado desde hace años. Nunca pensé que deseara volver a acercarme a un hombre de nuevo.

–¿Sufriste acaso alguna... violación? –preguntó él con tono de indignación.

–Sí.

–¿Detuvieron y condenaron al hombre que te violó?

–No lo denuncié.

–¿Por qué? –exclamó él, frunciendo el ceño de forma tan pronunciada que se le hizo una arruga en forma de uve en la frente–. ¿No comprendes que pudo repetirlo con otra chica?

–Lo pensé muchas veces –dijo ella, cruzándose de brazos–. Pero resultaba muy complicado.

–Un delincuente tan deleznable debería estar en manos de la justicia. Aún estás a tiempo. Puedo conseguirte un buen abogado. Nunca es demasiado tarde para presentar una denuncia. Es cierto que los casos que han pasado ya hace tiempo son más difíciles de probar, pero creo que valdría la pena llevarle a los tribunales aunque solo fuera para avergonzarlo y ponerlo en evidencia.

–No, no quiero hacerlo. No puedo.

–¿Por qué? No es justo que su delito quede impune. ¡Maldita sea! Debería pagar por su crimen. ¿Tienes una buena descripción de él? La policía dispone ahora de medios informáticos de reconocimiento. Podrían seguirle la pista para ver si es un delincuente en serie.

–No lo es –afirmó ella–. Fue el hermano mayor de mi mejor amiga. Estaba licenciado en Derecho, igual que su padre, su abuelo y su bisabuelo.

–¿Lo conoces?

–La mayoría de los delitos sexuales los cometen personas cercanas a la víctima –dijo ella como si estuviese hablando por boca de un inspector de policía–. Supongo que por eso no tomé ninguna medida de precaución. Hasta esa noche, había sido como un hermano para mí. Pero estaba borracho. Pensé que solo estaba tratando de coquetear un poco conmigo, pero de repente se volvió agresivo y me abordó sexualmente. No pude hacer nada para evitarlo. Era muy fuerte y yo estaba bajo la influencia del alcohol. Debería haber tenido más cuidado, pero la sensatez es algo de lo que todo el mundo se acuerda solo después de que pasan las cosas.

–Tú no tuviste la culpa de nada. Él debería haberse dado cuenta de que estaba haciendo algo en contra de tu voluntad. Él fue el único responsable de todo.

Lily no pudo evitar una sonrisa mezcla de tristeza e ironía.

–A pesar de tu fama de playboy, creo que, en el fondo, estás bastante chapado a la antigua.

–No me voy a disculpar por creer que las mujeres merecen respeto y protección –respondió él con aire sombrío, mirándole los brazos–. ¿Esa fue la causa de los cortes?

–Sí.

–No tienes de qué avergonzarte. Toda la culpa fue del hombre que se aprovechó de ti. Tú solo trataste de sobrellevar la ofensa de la mejor forma que se te ocurrió.

–No fue una forma muy brillante –dijo ella, dejando escapar un suspiro de amargura–. Ojalá se me hubiera ocurrido alguna otra que no me hubiera dejado unas marcas para toda la vida.

–¿Como cuál? ¿Las drogas? ¿El alcohol? ¿El tabaco? Todas esas cosas son válvulas de escape, que pueden tener consecuencias mucho más graves y peligrosas a largo plazo.

–Odio estas cicatrices. Me gustaría poder borrarlas todas.

–Las cicatrices son un medio de recordarnos lo que hemos aprendido en la vida. Todos las tenemos, Lily. La única diferencia es que algunas son más visibles que otras.

Lily lo miró a los ojos. Se preguntó, de nuevo, cómo su novia podría haberlo dejado. Era un hombre tan noble... ¿Qué mujer no desearía ser amada y protegida por un hombre así?

Pero había dicho que nunca había amado a Clarissa. ¿Sería capaz de amar? Algunos hombres no lo eran. Y algunas mujeres tampoco. Hasta hacía muy poco, ella había sido uno de ellas.

¿Amor? ¿Estaba ella enamorada realmente de él? ¿O era todo solo una fantasía?

Comenzó a temblar de frío. Se frotó los brazos.

–Llevo demasiado tiempo en el agua. Será mejor que salga. ¿Necesitas que te eche una mano?

–No, quiero quedarme un rato más a probar esos ejercicios acuáticos de los que hablabas.

Lily salió de la piscina y se quedó mirándolo. Raoul no se había movido del sitio. Parecía tan normal, viéndolo apoyado allí en el borde de la piscina. Era terrible pensar que sus piernas no eran capaces de sostenerlo. Pero, tal vez, sus limitaciones le habían ayudado a comprender las suyas. No se merecía el golpe tan duro que la vida le había dado. Ella sabía que nunca olvidaría esa noche. Había estado en sus brazos, se había sentido una mujer normal y deseable. Él la había tocado y acariciado, le había visto las cicatrices y, a pesar de ello, la había deseado.

Raoul esperó a que Lily entrara en el castillo para salir de la piscina por sus propios medios. Estaba indignado por lo que le había pasado. Deseaba solucionar su problema, hacer justicia. Era injusto que hubiera estado sufriendo durante tanto tiempo, menospreciando sus encantos de mujer, llevando una vida incompleta solo para evitar la posibilidad de volver a tener una experiencia parecida a la que había sufrido. Las cicatrices de sus brazos no mermaban en nada su belleza. Al menos, para él. Desde el primer instante, le había parecido una mujer excepcional, pero aún era más importante para él su belleza interior.

Le avergonzaba haber pensado que solo estaba allí por dinero. ¿Cómo podía haberla juzgado de esa manera? Ella había deseado marcharse desde el primer día porque no se sentía segura. Probablemente, la había asustado con sus comentarios groseros y sus miradas sombrías. Pero, a pesar de todo, se había sentido atraída por él.

Pensó en la entrega con que ella lo besó, sacando a la luz la mujer que realmente era. ¿Qué haría falta para desbloquear esa pasión congelada y conseguir que saliera de su caparazón y volviera a vivir la misma vida que antes de aquel frustrante suceso que la dejó marcada?

¿Era acaso él el hombre adecuado para conseguirlo?

Pero ¿cómo podía ayudarla cuando él ni siquiera podía ayudarse a sí mismo? Estaba atrapado en una silla de ruedas con las piernas muertas. No tenía nada que ofrecerle salvo una relación pasajera. Podía imaginársela, en el futuro, contando a sus amigas la aventura que había tenido una vez con un inválido, gracias a la cual había conseguido recuperar su autoestima.

No podía pensar en nada peor.

¿Por qué no la habría conocido antes del accidente? Entonces, podrían haber tenido la oportunidad de sacar partido de la atracción mutua que sentían. Ahora ya no era posible. No podía pretender acercarse a ella en busca de una relación afectiva. ¿Cómo podría estar seguro de que ella no actuase llevada solo por un sentimiento de lástima? ¿Cómo podría saber si lo deseaba por sí mismo y no como una inyección de confianza para recuperar su autoestima?

Pero ¿qué importaba eso? Él nunca le había dado importancia a esas cosas. El sexo era solo eso: sexo. Una experiencia física sin ninguna connotación emocional. Había estado con muchas mujeres, pero nunca había querido involucrarse emocionalmente con ninguna. Había estado muy apegado a sus padres, pero su muerte había destruido la unidad de la familia en un abrir y cerrar de ojos. Todo lo que habían considerado sagrado y seguro se había perdido. Hasta la modesta casa en que su madre había insistido en que se educaran, para mantenerlos en contacto con la realidad, se vendió a los pocos días del funeral. Su abuelo se hizo cargo de todo, gobernando con mano de hierro y doblegando a todo el que se atreviese a contradecirlo.

Raoul se había encerrado en sí mismo porque se sentía más seguro manteniendo una postura fría y distante que abriendo su corazón a la gente.

Reconsiderar esa decisión era algo que no entraba en sus cálculos. Y menos ahora.

Capítulo 10

DOMINIQUE estaba sonriendo de oreja a oreja cuando Lily bajó a desayunar al día siguiente.

–Al final, consiguió el milagro, *oui?*

–Sí, accedió a que me quedara todo el mes, pero aún no me hago muchas ilusiones.

–Pues mire ahí –dijo Dominique, señalando a la ventana.

Lily se asomó y vio a Raoul en su silla de ruedas. Estaba en los establos hablando con Etienne que llevaba a uno de los caballos sujeto por la brida. Era un animal enorme, con un aspecto fiero, un cuello majestuoso y el morro ancho. Estaba inquieto y golpeaba continuamente el suelo con los cascos. Cuando se calmó, avanzó unos pasos, lamió la mano de Raoul y luego se frotó la testuz contra su pecho, en una muestra del afecto y entendimiento tan profundos que había ente ellos.

–Es usted una influencia muy buena para él, señorita Archer. Pensé que ya no volviera a salir del castillo. Me emocioné al verlo en los establos. Él mismo crio a ese semental. Los ganaderos de medio mundo darían cualquier cosa por poder cruzarlo con sus potrancas.

–Tiene un aspecto muy atractivo.

Dominique la miró sorprendida.

–Estaba hablando del caballo.

–Yo también –replicó Lily con un intenso rubor en las mejillas.

El ama de llaves sirvió a Lily una taza de café.

–Etienne me dijo que monta a caballo.

—Hace mucho que no lo hago. Lo más probable es que me cayera antes de dar dos pasos.

—No lo creo —dijo Dominique, sonriendo—. Dicen que es como montar en bici. Nunca se olvida.

Lily tomó la taza de café con las dos manos.

—Entonces, debo de ser la excepción de la regla, porque se me ha olvidado por completo.

—Es solo cuestión de confianza. Elegir el momento adecuado y el caballo adecuado, *oui?*

—Puede ser peligroso. Por muy bien entrenado que esté un caballo, siempre puede salirle su instinto animal —dijo Lily, dejando la taza en la mesa y dirigiéndose a la puerta.

Raoul estaba ya en el gimnasio haciendo pesas cuando Lily llegó una hora después. Se sentía mejor tras haber pasado unas horas al aire libre. No le había sido fácil llegar a las cuadras, pero había valido la pena. Tanto Mardi como Firestorm, lo habían recibido afectuosamente.

—Etienne me dijo que eres una gran amazona.

—No le hagas caso.

—¿Te gustaría montar alguno de mis caballos, mientras estés aquí?

—No —respondió ella de forma escueta.

—Tengo una yegua muy tranquila que...

—No estás levantando bien esa pesa —dijo ella, tomando una mancuerna ligera y enseñándole cómo hacer el ejercicio—. ¿Lo ves? Si no haces los ejercicios correctamente, los músculos que trabajarás no serán los que nos interesan y todo será una pérdida de tiempo y energía.

Raoul ni siquiera se fijó en lo que estaba haciendo.

—¿Te ocurre algo?

—No.

—Estás enfadada.

Ella colocó la mancuerna, de mala gana, en el soporte donde estaban las demás.

–Estoy aquí para ayudarte en la rehabilitación. Tu hermano y tú me pagáis para eso. No estoy aquí para montar, ni en sentido literal ni figurado.

–Pensé que te gustaría relajarte montando un rato a caballo –dijo él, acariciándole el pelo–. Sé lo difícil que debe de resultarte mi compañía.

–No me parece que sea tan difícil estar contigo –dijo ella suavemente.

–¿No me digas que te gusta mi sentido del humor cortante y sarcástico?

–Creo que tratas de alejarte de la gente para que no vean todo lo que estás sufriendo.

–¡Vaya! –exclamó él, poniendo los ojos en blanco–. Eso es toda una lección de psicología. ¿Tengo que pagarte un extra o va incluido en tus honorarios?

–Es gratis –replicó ella, alzando la barbilla.

–Gracias. Pero no quiero nada de eso. Estaba aquí muy bien hasta que llegaste.

–No lo dudo. Debías de sentirte muy bien encerrado en la soledad de este viejo mausoleo sin ver a otra persona que a tu ama de llaves llevándote la comida por la rendija de la puerta. Sin duda, es la forma más inteligente de superar tu estado –añadió ella con ironía.

–¿Y de ti, qué me dices? ¿Por qué no tomas algo de tu propia medicina y te lees el aura, por variar? Así podrás saber cómo te ven los demás.

Ella se puso rígida, como si acabara de oír algo desagradable, pero trató de aparentar serenidad.

–Cuando dices «los demás» supongo que te refieres a ti, ¿verdad?

–Lo que yo veo es una mujer joven muy apasionada, pero que está demasiado asustada como para demostrarlo. Veo que deseas aferrarte a la vida con las dos manos. Pero esas manos ya se han quemado una vez y tienes miedo de alargarlas para alcanzar lo que deseas por temor a quemarte de nuevo. Los demás te ven como una mujer distante, algo fría y desaliñada. Pero tú no eres así, Lily. Nunca serás feliz hasta que seas fiel a la persona que realmente eres.

—No necesito que vengas a arreglarme la vida —replicó ella muy seria.

—Si tú no quieres arreglar tu vida, ¿cómo vas a arreglar la mía?

Ella se quedó desconcertada un instante y luego sus mejillas se tiñeron de un intenso rubor.

—No creo que esto pueda funcionar. Será mejor que me vaya.

—Eso es lo que mejor se te da, ¿no? —exclamó Raoul—. Salir corriendo cuando las cosas se complican. Prefieres evitar los problemas a tratar de resolverlos.

—¿Y cómo piensas resolver tus problemas? ¿Echando de tu lado a todos los que quieren ayudarte? Espero que tengas suerte. Yo lo he intentado en el pasado y, créeme, no funciona.

—Entonces hagamos algo diferente esta vez. Tratemos de ayudarnos mutuamente a superar nuestros problemas, a volver... a montar a caballo, o como quieres llamarlo.

—No estoy segura de lo que tratas de decirme —replicó ella con cierta reserva.

—Solo que seas tú misma. Me gustaría llegar a conocer a la verdadera Lily Archer.

Sí. Deseaba saber todo sobre ella. Quería comprenderla y ayudarla a rehacer su vida. Era una mujer hermosa, con un gran corazón, pero la vida la había tratado mal. Necesitaba recuperar su autoestima y volver a confiar en las personas. Y él podía ser el hombre adecuado para hacerlo.

«¿Estás en tu sano juicio? Tú no puedes ayudarla. ¡Ni siquiera puedes ayudarte a ti mismo!».

Raoul se negó a escuchar la voz de la razón. Ahora quería dejarse llevar por sus instintos en lugar de por la lógica y la sensatez. Estar con ella la haría sentirse más a gusto consigo misma. Contribuiría a hacerla menos tímida, menos reservada. Sería un acuerdo mutuo. Ella le ayudaría a volver a andar y él a rehacer su vida.

—Podría decepcionarte —dijo ella, mordiéndose, de nuevo, el labio inferior.

—Yo también. Aunque me han dicho que puedo ser encantador cuando no estoy de mal humor —replicó él con una sonrisa, y luego añadió tendiéndole la mano—: ¿Qué? ¿Firmamos la tregua?

—Muy bien —respondió ella en un hilo de voz, estrechando su mano tímidamente.

Lily pasó los quince días siguientes supervisando los ejercicios de Raoul en el gimnasio. Trataba de no forzar mucho el ritmo porque veía todo el empeño que él ponía de su parte. Lo había sorprendido un par de veces haciendo sesiones extra en el gimnasio, por su cuenta. Y, nada más quitarle la escayola, había comenzado a ir todas las tardes a la piscina, aunque ella no había tenido el valor de acompañarlo. Le preocupaba que pudiera estar haciendo un esfuerzo superior al que su cuerpo podía aguantar. No quería dejarlo peor de lo que estaba.

Dejarlo.

Esa palabra le producía una gran desazón cada vez que pensaba en ella. Pero tenía que recordar que ese era un trabajo como otro cualquiera. Se suponía que no debía sentir apego por sus pacientes y menos aún involucrarse con ellos emocionalmente. Lo que se esperaba de ella era que ayudase a su paciente a recuperar la movilidad y el tono muscular. Su trabajo no consistía en pasarse el día soñando con besos y caricias.

Él había tratado de guardar las distancias después de aquella noche en la piscina. Había cenado con ella solo un par de veces, prefiriendo comer en su estudio mientras trabajaba. Pero había visto la forma en que su mirada se clavaba en su boca cuando hablaba con ella.

A ella, también le costaba un gran esfuerzo controlarse. Esa mañana, había bajado a trabajar con él en las barras paralelas. En un momento dado, él perdió el equilibrio y ella tuvo que sujetarlo para que no se cayera. El corazón le dio un vuelco al sentir su aliento cálido con olor a menta. Pensó que podría acercarse un poco más a ella y besarla.

Pero no lo hizo.

Se limitó a clavar los ojos en ella durante unos segundos de infarto. Ella sintió un hormigueo en el vientre y bajó instintivamente la mirada hacia su boca, recordando las caricias de sus besos.

—¡Uf! Un poco más y me caigo de bruces —exclamó él con una sonrisa.

—Yo nunca dejaría que te cayeras.

Él la miró detenidamente durante un largo rato.

—¿Quieres salir a cenar esta noche conmigo?

—¿Quieres decir que no tienes miles de correos y documentos que revisar? —preguntó ella.

—Dominique me ha dicho que te ve muy triste cenando en el comedor sola todas las noches.

—No estoy sola —respondió ella, poniéndose a la defensiva.

—Diré a Dominique que nos prepare un picnic.

—¿Un picnic? —exclamó ella con cara de sorpresa.

—¿No te apetece?

—Sí, claro que sí. Me encanta ir de picnic. Solo que pensaba...

—Nos veremos en el claro que hay junto al lago. Estaremos allí más protegidos en caso de viento.

—¿No quieres que te lleve?

–No –respondió él secamente–. Puedo ir por mis propios medios.

Los medios a los que él se refería tenían cuatro patas, crines y cola. Y parecían algo inquietos y nerviosos. Lily estaba sentada en una manta escocesa que Dominique había puesto en la cesta del picnic, cuando vio a Raoul acercarse, montado a horcajadas en un caballo negro brillante. Llevaba de las riendas a otro caballo ensillado que ella reconoció al instante. Era Mardi, la yegua que Etienne le había presentado el primer día. El corazón le dio un vuelco repentino. ¿Qué estaba haciendo él montando? ¿Cómo habría conseguido subirse al caballo? ¿Qué pasaría si se cayese? Se levantó como un resorte, casi tropezando con la cesta del picnic.

–¿Te has vuelto loco?

El caballo, asustado, resopló y se puso a bailar, levantando las patas, como si el suelo que tenía bajo los cascos se hubiera convertido de repente en un lecho de brasas. Raoul se mantuvo en la silla y trató de calmar al animal hablándole dulcemente en francés. La yegua, por su parte, no hacía más que mirar con mucho interés la baguette recién horneada que había sobre la manta.

–Pensé que te gustaban los caballos.

–Sí, pero se supone que no deberías estar montando. Podrías caerte.

–No me caeré. Ahora tengo cuatro piernas buenas en lugar de dos malas.

Lily miró a Raoul y al animal con cierto recelo. El semental parecía nervioso. Raoul estaba jugando con fuego. Si se cayera, podría ocasionarse unas lesiones medulares, tal vez, irreversibles. Sintió una punzada en el estómago solo de pensarlo. ¿Acaso no había tenido ya suficientes problemas como para tratar de buscarse más?

–Estás loco. Es demasiado peligroso lo que estás haciendo. Aún es pronto para montar a caballo. Podrías caerte y romperte las piernas, y entonces no podrías venir corriendo hacia mí –ella se sonrojó al darse cuenta de la cosa tan absurda que había dicho–. Lo decía en sentido figurado...

–Sí. Será mejor que me controles y no me pierdas de vista –dijo él sonriendo, mientras sostenía las riendas de la yegua–. Ven conmigo para asegurarte de que me porto como un buen chico.

–¡Buena pareja formáis el caballo y tú! Nada bueno puede esperarse de ninguno de los dos.

–Firestorm puede parecer fiero y peligroso pero, en el fondo, es noble y pacífico.

Lily, tras unos instantes de duda, tomó las riendas de la yegua. El olor a cuero y a caballo le hizo recordar momentos pasados cuando todo estaba en orden y era... feliz.

Acarició el lomo de Mardi mientras se preparaba para montar.

–Buena chica. ¡Eh! Tranquila. Tranquila...

Puso el pie en el estribo y tomó impulso para sentarse en la silla pero sin pasarse al otro lado como los payasos del circo.

–Tienes una buena silla –dijo Raoul.

–Esperemos que me mantenga en ella.

No tardó mucho en adaptarse al ritmo del animal. La yegua era tan mansa y obediente como un cordero y su trote firme y seguro. El semental de Raoul era todo lo contrario. Hizo algunas cabriolas, pero Raoul no pareció tener ningún problema para controlarlo. Parecía, incluso, disfrutar con ello. Se le veía relajado y feliz. Su sonrisa le hacía parecer más joven. Ella nunca lo había visto tan alegre. Mirándolo ahora, nadie diría que no podía caminar. Tenía el aspecto de un hombre fuerte en plena forma. Y estaba más atractivo que nunca.

Era el hombre más maravilloso que había conocido. La hacía sentir segura.

Sintió una punzada en el corazón ante la idea de tener que volver a Londres cuando su trabajo allí hubiera terminado.

Volvería con sus pacientes femeninas. Llenaría sus noches solitarias viendo los insulsos programas de la televisión hasta la hora de acostarse. Volvería a la lectura de sus novelas románticas describiendo romances que ella nunca viviría en persona. Como enamorarse.

Se mordió el labio inferior. ¿Para qué tenía que leer ahora esas novelas? ¿Acaso no se sentía ya un poco enamorada de Raoul?

Trató de volver a la realidad. Estaba dejándose llevar por una ilusión.

Él no se habría fijado en una chica como ella si no estuviera atrapado en su castillo con su fisioterapeuta. Ella había buscado en su *smartphone* la fotografía de su prometida, Clarissa Moncrieff. Era una mujer bellísima, rubia, delgada, con unas piernas de infarto y una sonrisa propia de un anuncio de pasta dental. A su lado, ella se sentía como una vulgar polilla frente a una mariposa exótica.

Raoul la había besado un par de veces, pero eso no significaba nada. Habría besado a cientos de mujeres. Estaba acostumbrado a tener aventuras amorosas. Hasta su relación con Clarissa, nunca había estado con una misma mujer más de seis u ocho semanas. Su interés por ella tenía que ver más con la proximidad que con otra cosa.

Las voz de Raoul le sacó de sus tristes pensamientos.

—¿Te apetece galopar un rato por el bosque?

—¿Está Mardi preparada para eso?

—Si la animas un poco, ya verás como te responde.

Lily apretó suavemente los muslos contra los flancos

de la yegua y, tras un arranque suave, Mardi pasó progresivamente de un ligero trote a un galope controlado. Era estimulante sentir la brisa de la tarde en el rostro mientras cabalgaba por el bosque.

Raoul mantuvo su caballo a un ritmo reposado y cadencioso, pero, después de un rato, azuzó al semental, que tensó los músculos y salió disparado como una exhalación. Raoul parecía estar en su elemento, como un caballero montado en su corcel.

Detuvo luego el caballo y esperó a que ella llegara a su altura.

—¿Todo bien?

—Maravilloso —respondió ella con una radiante sonrisa.

—Estás muy hermosa cuando sonríes.

Ella se sentía ciertamente hermosa cuando él la miraba de ese modo.

—¿Tienes hambre? —preguntó él.

—Sí, estoy hambrienta.

¿Estaba hablando de comida? ¿O de otra cosa?, se preguntó ella.

—Muy bien. Pero antes tengo que desmontar.

—¿Cómo vas a hacerlo?

—Observa.

Raoul hizo un chasquido con la lengua y el caballo dobló las patas delanteras y se sentó en el suelo. Él se acomodó en la silla y, usando el caballo como apoyo, se dejó caer en la manta del picnic. Por un instante, pareció poner todo el peso del cuerpo sobre la pierna izquierda. Lily se quedó asombrada pensando si lo que acababa de ver habían sido solo imaginaciones suyas. Como otras cosas.

Raoul dijo entonces al semental unas palabras en francés y el caballo se fue a pastar plácidamente en la pradera.

—¡Impresionante! ¿Siempre ha sabido hacerlo? ¿O le has enseñado tú últimamente?

—Se lo enseñé hace años. Comprendí lo útil que podría ser algún día.

—Lo estás haciendo muy bien, Raoul. Si no han sido imaginaciones mías, me pareció que cargaste todo el peso del cuerpo sobre la pierna izquierda.

—No, no han sido imaginaciones tuyas. Puedo estar de pie unos segundos, pero no me veo entrando en la iglesia en la boda de mi hermano, ¿y tú?

—Lo único que importa es que estés allí. Estoy segura de que eso es lo único que tu hermano y su esposa desean —respondió Lily, bajando de la silla y soltando a la yegua para que se fuera a pastar con el semental—. Tienes que ir, Raoul. No tienes elección. Poppy y Rafe se sentirían decepcionados si no te presentaras en su boda.

Él frunció el ceño y se puso a jugar con una brizna de hierba. Su brazo derecho reflejaba aún la pérdida de masa muscular y la típica sequedad de la piel tras haber estado escayolado unas semanas. Lo tenía aún algo inflamado, pero podía mover bien los dedos sin ninguna molestia.

—Estuve con Rafe en el funeral de nuestros padres. Fue, probablemente, el momento más duro de mi vida. Ese día, dejé mis sentimientos a un lado y me juré apoyar siempre a mis hermanos. A Remy y a Rafe. Eso es lo que se supone que los hermanos tienen que hacer, ¿no te parece?

—Hay muchas maneras de apoyar a alguien y demostrarle su afecto —dijo ella, para darle a entender que el hecho de no poder andar no suponía ninguna restricción sobre ese aspecto.

—Rafe necesita mi apoyo. No puede confiar en Remy, es poco responsable. Supongo que la culpa es nuestra por haberlo mimado tanto. Era tan pequeño cuando nuestros padres murieron que tratamos de protegerlo y le dimos todos los caprichos.

–Hicisteis lo que creísteis mejor, dadas las circunstancias. Nadie podría haberos pedido más.

–No puedo abandonar a Rafe ahora, pero no puedo soportar la idea de presentarme allí como si fuera solo medio hombre.

Ella le tomó la mano izquierda, que tenía apoyada en la manta, y la apretó entre las suyas.

–No es verdad eso que dices. Tú estarás allí entero. Íntegramente. ¿No te das cuenta? Tú eres mucho más que un cuerpo físico. Más, mucho más.

Le acarició la mejilla con la mano libre, sintiendo el cosquilleo de su barba en los dedos mientras se miraban fijamente.

–Ojalá te hubiera conocido antes del accidente.

–¿Por qué? –exclamó ella con el corazón en un puño.

–Creo que me habría enamorado de ti.

–¿Qué te lo impide ahora?

Lily no podía creer que se hubiera atrevido a pronunciar esas palabras. ¿Qué estaba haciendo? ¿No había recibido ya su autoestima bastantes reveses en la vida? ¿A cuento de qué iba él a enamorarse de ella? Ella era una polilla insignificante, no una bella mariposa.

–La razón, la racionalidad y la responsabilidad.

–Las tres erres. Como Rafe, Raoul y Remy.

–Veo que has estado informándote sobre mis hermanos y sobre mí.

Lily pensó que no tenía sentido negarlo.

–Rencorosos, ricos, rompecorazones. Así es como os han estado llamando durante años.

–Ahora ya somos uno menos en la lista. En realidad, dos, si me cuentas a mí también.

Lily se preguntó si estaba pensando en su ex. Aunque no hubiera estado enamorado de Clarissa, debía de echar en falta el sexo. Era un hombre muy fuerte y viril. E irresistible.

—¿Te das cuenta de que es el período más largo que he estado célibe? —dijo él.

—¡Oh! Debe de ser todo un récord, ¿eh? ¿Cuánto ha sido? ¿Seis? ¿Siete semanas? —preguntó ella con las mejillas encendidas como si estuvieran en llamas.

—Nueve —respondió él con una amarga sonrisa.

—¡Qué barbaridad! A un hombre como tú, eso ha debido de parecerle una eternidad, ¿no?

—Supongo que tú llevas mucho más —dijo él, acariciándole el dorso de la mano con el pulgar.

Lily bajó la mirada hacia sus manos unidas. Su mano era tan pequeña en comparación con la suya... Era como una demostración de la gran diferencia que había entre ellos. Pertenecían a dos mundos diferentes. El suyo era monótono y aburrido. El de él, emocionante y lleno de vitalidad.

—No he vuelto a montar a caballo, por así decirlo —dijo ella—. Pensé que esa no era la mejor forma de superar el pasado. He tenido un par de relaciones, pero no puedo decir que saltasen, en ninguna de ellas, las chispas o fuegos artificiales de que habla la gente. Supongo que no soy una mujer muy apasionada. Como pareja sexual, diría que soy de vainilla, no de chocolate.

—Odio el chocolate —replicó él, clavando los ojos en su boca—. La vainilla es más natural, discreta y elegante. Y es perfecta para mezclar con otros sabores. Va bien con casi todos.

¿Estaban hablando de helados? ¿O de otra cosa?

Lily deseaba que la mirara. ¿Acaso él no veía cuánto lo deseaba? Su cuerpo vibraba de deseo. Era un milagro que él no lo oyese como ella. Llegaba a sus oídos como un rugido.

La sangre corría aceleradamente por sus venas. Algo ardía dentro de ella, amenazando con estallar. Lo deseaba. Quería sentirse mujer. Deseaba ser su mujer.

Él la miró y el universo pareció detenerse un instante para ellos dos.

Lily vio el fuego y el deseo que sentía en el cuerpo reflejado en su mirada. Se apretó a él.

—Te deseo —dijeron al unísono.

—¿Está segura? —preguntó él.

Ella le acarició las mejillas, aún sin afeitar, cautivada por la ternura de su mirada.

—Nunca he estado más segura de nada. Lo deseo. Te deseo. No quiero que los malos recuerdos me sigan atormentando. Dame otros mejores para reemplazarlos.

«Para guardarlos y poder volver a revivirlos cuando todo esto haya acabado, que seguramente será muy pronto», pensó ella.

Él le envolvió la cara entre las manos y la miró con ojos sombríos.

—No soy el hombre apropiado para ti. En realidad, no lo soy para ninguna mujer en este momento.

—Creo que eres el hombre perfecto. Será como la primera vez para los dos.

—No te puedo ofrecer más que esto —dijo él, acercando su boca a la suya y mezclando sus alientos en una muestra de su recíproco deseo—. Tienes que comprenderlo y aceptarlo.

—Esto es todo lo que deseo.

«Mentirosa. Tú lo deseas todo de él. Deseas ver realizado tu cuento de hadas: chico conoce a chica, chico ama a chica, chico monta a caballo con chica al atardecer».

—Sí, quiero volver a sentir la pasión —añadió ella—. Quiero sentirme viva de nuevo.

—Yo también lo deseo —dijo él con una voz profunda y atormentada—. No sabes cuánto.

—Demuéstramelo —susurró ella junto a su boca—. Demuéstramelo, por favor.

Capítulo 11

RAOUL había estado haciendo el amor con mujeres, practicando sexo sería más acertado decir, desde los diecisiete años. Conocía sus cuerpos. Sabía los resortes que tenía que tocar para encender su deseo. Era un verdadero maestro en el arte de la seducción.

Pero con Lily Archer se sentía como si fuera un principiante, como si fuera su primera aventura amorosa. Estaba preocupado. Le aterrorizaba la idea de poder hacerle daño o asustarla.

Sintió su boca junto a la suya. Era tan suave como el terciopelo. Era como volver a empezar, aprendiendo de nuevo cada paso, cada caricia. Su timidez se mezclaba con su ardiente pasión, haciendo su cuerpo vibrar de deseo. La forma en que ella lo tocaba, la forma en que le rodeaba el cuello con los brazos, despertaba un deseo en él que parecía rugir en sus entrañas.

Ella gimió de placer al sentir cómo él exploraba cada rincón de su boca. Pero él sabía que tenía que controlarse. Estaba excitado y con una poderosa erección. Deseaba ir más allá, pero ella no estaba aún lista para él. La sintió moverse temblorosa como un potro asustado al verse obligado a saltar un obstáculo demasiado alto.

—No voy a hacerte daño —dijo él, acariciándole la mejilla con un dedo—. Confía en mí, Lily.

—Confío en ti, Raoul —dijo ella con una sonrisa callada.

–Si quieres que lo dejemos en cualquier momento, no tienes más que decírmelo.

–No quiero que te pares –replicó ella, frotando la pelvis contra la suya, en un movimiento sutil, probablemente más instintivo que consciente, pero que encendió en él un torrente de fuego corriendo por sus venas–. Quiero que me hagas el amor.

Raoul le acarició un pecho. Era de un tamaño que se adaptaba perfectamente al hueco de su mano. Sintió el pezón presionándole la palma como si anhelara sentir su contacto.

Deslizó una mano bajo su blusa, esperando su reacción, dejando que ella fuera la que marcara los tiempos. La reacción de Lily fue instantánea. Arqueó la espalda como un gato para que sus pechos estuvieran en contacto más íntimo con sus manos.

Él bajó la boca hacia las aureolas rosáceas de sus pezones, que acababa de dejar al descubierto, saboreándolos con fruición. Ella se estremeció y se retorció de placer, hundiendo las manos en su pelo mientras él recorría con su lengua cada uno de los puntos sensibles de sus pechos.

De repente, ella se apartó de él con timidez.

–¿Tengo que... desnudarme?

Raoul se quedó mirándola extasiado. Era tan adorable... Estaba acostumbrado a que las mujeres se quitaran la ropa antes incluso de entrar en el dormitorio, mostrando sus encantos sin ningún pudor. Sin dejar nada a la imaginación. Estaba acostumbrado a que le dijesen lo que les gustaba sin tabúes ni complejos: «Tócame aquí». «Más fuerte». «Más despacio». «Más deprisa».

Lily Archer lo miró con sus grandes ojos azul oscuro y le hizo sentirse... un hombre.

–Eso déjamelo a mí –dijo él con la voz apagada, poniéndose a desnudarla con unas manos tan torpes como las de un adolescente en su primera cita.

Le quitó el sostén y se quedó sin aliento al ver sus pechos. Pequeños, pero firmes y erguidos.

–Parecen más grandes cuando llevo el sostén especial que reafirma el busto –dijo ella, algo acomplejada, dirigiéndole una tímida mirada.

Raoul sonrió y le acarició el vientre con la mano.

–Tienes unos pechos maravillosos.

Ella se estremeció al sentir sus caricias.

–Me gustan tus manos. Son tan... sensuales.

–Me gusta tu cuerpo –replicó él, deslizando la mano por debajo de sus pantalones.

–Es muy feo –dijo ella, desviando la mirada.

Él puso un dedo debajo de su barbilla y le alzó la cabeza para que volviera a mirarlo a los ojos.

–No es feo. Es como tú eres ahora y no podrías cambiarlo aunque quisieras.

–No quiero ser así. Me gustaría librarme de mis cicatrices. Quiero ser otra mujer. Odio estas marcas que llevo grabadas en el cuerpo como si fueran un tatuaje. Me recuerdan a una chica que ya no soy. No es justo que tenga que pagar toda la vida por el error que cometí una vez.

–¿Y crees que yo quiero vivir en mi cuerpo de esta forma? Me despierto por la noche asustado, temiendo que esto pueda ser para toda la vida. Tú tienes algunas cicatrices. Sé que no te sientes a gusto con ellas, pero solo serán tan permanentes como tú quieras que sean.

–Quiero ser una mujer normal.

–Eres normal –replicó él, ardiente de deseo.

Ella le pasó el dedo índice por el labio inferior.

–Tú me haces sentirme normal. Me haces olvidarlo todo, excepto que estoy ahora aquí contigo.

Sí, era un momento mágico. Tenía la boca junto a la suya. Estaba abrazada a su cuerpo como si estuviera hecha de un molde especialmente diseñado para él. No había ningún desajuste. Se acoplaban perfectamente como una llave en su cerradura.

Raoul se sentía a gusto teniendo su cuerpo pegado al suyo. Nunca se había sentido así.

Trató de apartar de su mente esa idea que podría complicarle la vida, pero volvía una y otra vez de forma recurrente como el terrier que deja la pelota de tenis en los pies de su amo cuantas veces se la tire. Él quería que ese sentimiento durase toda la vida.

Lily sintió sus manos deslizándose por su cuerpo con ternura. Raoul se estaba tomando su tiempo, quitándole la ropa poco a poco, besando y acariciando cada parte de su cuerpo que iba quedando al desnudo. Sus caricias cálidas y suaves producían un hormigueo en su columna vertebral como el de las burbujas de una copa de champán. Él le besó las cicatrices de sus brazos, trazando luego con sus labios un camino de sensualidad a través de su cuerpo.

La ayudó a quitarse los pantalones, mientras le besaba el vientre, y luego deslizó la lengua por la pequeña oquedad de su ombligo antes de llegar a sus bragas.

Ella se puso rígida. ¿Estaría él pensando en lo feos que eran sus muslos en comparación con los de su ex? Clarissa Moncrieff debía de tener unas piernas maravillosas sin celulitis ni defecto alguno. Con toda seguridad, se sometería regularmente a sesiones de depilación, exfoliación y bronceado. En cualquier momento, él sentiría repugnancia y buscaría una excusa para no seguir con aquello. ¡Por Dios santo! ¿Cómo había sido tan torpe como para pedirle que le hiciera el amor? ¿Tan desesperada estaba?

–¡Qué hermosa eres! –dijo él con un voz suave y profunda, con la mano en su vientre–. Lo digo en serio. Tienes una belleza natural maravillosa.

Ella contuvo el aliento cuando él comenzó a acariciarle los muslos y se quedó completamente sin respiración al sentir sus labios deslizándose por su muslo izquierdo lleno de cicatrices.

Luego hizo lo mismo con el derecho. Ella, con el corazón palpitante, comenzó a sentirse húmeda y llena de deseo.

–Deseo... deseo... –dijo ella, titubeando sin saber cómo pedirle que materializara su deseo.

Nunca antes había sentido esa apremiante necesidad. Cada músculo y cada nervio de su cuerpo estaba tenso e hipersensibilizado en una especie de espera febril.

Él le acarició, con un dedo, el pubis por debajo de la costura de las bragas. Muy cerca de su punto erógeno más íntimo. Ella soltó un gemido y arqueó la espalda.

–Te deseo.

Él le quitó entonces las bragas y continuó sus caricias de nuevo. Su dedo sentía su calor y su humedad crecientes. La besó en la boca, saboreando suavemente su esencia, jugando sensualmente con su lengua hasta que ella le agarró la cabeza con la misma desesperación del que está a punto de ahogarse y se agarra a la primera persona que trata de ayudarla. Sus gemidos aumentaron y sus jadeos se hicieron más profundos. Una oleada de placer sacudió todo su cuerpo, haciéndole perder el control de sí misma.

–Eres muy bueno en esto –dijo ella, tratando de adoptar un tono de voz sofisticado.

–Tú también –replicó él con una sonrisa.

Lily le acarició tímidamente el pecho con la mano. Mientras él había estado besándola, ella se las había arreglado para desabrocharle los botones de la camisa. Pero él seguía con la ropa puesta. ¿Lo haría a propósito para que ella no se sintiera abrumada al ver su cuerpo desnudo?

–Quiero tocarte...

Él le agarró la mano entre las suyas.

–Creo que será mejor dejarlo para otra ocasión.

¿Otra ocasión?, se dijo ella, derritiéndose de deseo

por dentro. ¿Tan horrible era como para que no quisiera hacer el amor con ella?

Sin embargo, estaba segura de que él la deseaba. Había sentido su erección. Aún podía sentirla presionando su muslo derecho.

«No. Él no te desea. Es a su ex a quien desea. Esa mujer tan perfecta y maravillosa», le dijo, en tono de burla, una voz que parecía salir de su cerebro.

Lily apartó la mano y comenzó a ponerse la ropa.

—No quiero obligarte a hacer algo que no deseas. Sería... algo ridículo, ¿no te parece?

—Es que no tengo ningún preservativo.

Ella lo miró fijamente con los pantalones medio bajados.

—¡Ah!

—Supongo que a Dominique no se le habrá ocurrido poner alguno en la cesta del picnic, ¿no?

—No lo sé. Pero estoy segura de que lo habría puesto si se lo hubieras pedido.

—¿Crees que organicé el picnic para esto?

—Ha sido una manera de montar dos caballos con un solo jinete, por así decirlo. Y tú me pusiste en la silla de montar de ambos.

—Te equivocas, Lily. No tenía ninguna intención de acostarme contigo.

—No, no pretendías acostarte conmigo. Solo servirte de mí.

—Si crees que soy de esa clase de hombre que tiene relaciones sexuales con una joven vulnerable sin tomar precauciones ni usar preservativos, entonces es que estás...

—¿Qué? —exclamó ella, antes de que pudiera terminar la frase—. ¿Tarada? ¿Chiflada? ¿Loca?

Él apretó los dientes, tratando de controlarse.

—Deja de poner en mi boca palabras que no he dicho.

—No, pero las estás pensando, ¿me equivoco? —dijo

ella, poniéndose los zapatos–. No te culpo. Es lo que todos piensan cuando me ven las piernas y los brazos...
Y, por cierto, no soy vulnerable.

–Sí. Eres vulnerable y tienes miedo. Por eso, no dejas que nadie se acerque a ti para ayudarte.

–Tú no eres el más indicado precisamente para decir
eso.

–Me presté a seguir tus consejos, ¿no?

–Sí, a regañadientes.

Se produjo un silencio breve pero tenso.

–Tú me has ayudado, Lily. Me has ayudado mucho.
Y creo que tienes razón sobre la boda de Rafe. Tengo
que estar allí, con silla o sin ella.

Ella se sintió embargada de una emoción inesperada.
Había conseguido el objetivo para el que Rafe Caffarelli la había contratado. Raoul iría a la boda. Sería un
gran reto para él estar en público, pero también un paso
muy importante en su rehabilitación.

–Me alegro mucho por ti. Y por Rafe y Poppy.

–¿Te gustaría ir a la boda conmigo?

–Creo que estaría fuera de lugar en...

–Quiero que vayas conmigo –dijo él con un tono de
voz autoritario–. Eres mi fisioterapeuta. Te podría ne-
cesitar para darme un masaje o para estimular mi ego.
¿Vendrás?

Ella se mordió el labio inferior. Una boda familiar
era un acto muy... personal. Tendría que presenciar
cómo otras personas conseguían todas esas cosas que
ella siempre había ambicionado: el amor, el compromiso y un futuro feliz.

–No sé...

–Es dentro de diez días. Tienes tiempo para pensarlo.

Lily se preguntó si no le estaría pidiendo que lo acom-
pañara por alguna otra razón. Habría mucha gente en la
boda. Y muchos periodistas. Especularían sobre las cau-

sas de su ruptura. ¿Estaría buscando un medio de desviar la atención del público, llevándola como tapadera?

–Tendría que volver a Londres inmediatamente después. Tengo varios pacientes esperándome.

–No te retendré más que este mes, tal como acordamos. Podrás marcharte después de la boda.

Lily sintió un vuelco en el estómago al oír esas palabras. Pero ¿por que?, se preguntó ella. Un mes era el acuerdo al que habían llegado. ¿Por qué le contrariaba que él se lo recordara?

–Está bien. De acuerdo.

–Deberíamos hacer algo con esta comida que Dominique nos ha preparado –dijo él–. El hecho de que no haya preservativos en la cesta no significa que no pueda haber otras cosas apetitosas.

Lily se sentó en la manta a su lado. No tenía ganas de comer, pero hizo un esfuerzo por probar algo. Se sentía incómoda. Tuvo la impresión de que él tampoco se sentía a gusto. Hasta los caballos parecían inquietos. Movían la cola y ponían las orejas tiesas al menor ruido.

Llegó, finalmente, el momento de irse.

Ella fue a recoger la cesta del picnic, pero Raoul la detuvo.

–Déjalo. Etienne se encargará de recogerlo todo y llevar la cesta después al castillo.

–¿Necesitas que te eche una mano para subir a...?

Él la interrumpió con la mirada.

–No hace falta. Etienne vendrá a ayudarme. Tú lleva a Mardi a la cuadra. Uno de los mozos se encargará de quitarle la silla.

Se estaba ahogando. El agua le llegaba por encima de la cabeza. Los miembros no le respondían. Sus pulmones estaban a punto de explotar. Trató de revolverse para sacar la cabeza, pero lo que sentía alrededor no era agua, sino una tela. Dio un manotazo brusco y oyó entonces un grito ahogado. Se quedó inmóvil.

Se despertó, parpadeó un par de veces y vio que estaba en su dormitorio. Lily estaba sentada en el borde de la cama, con los ojos como platos, tocándose la barbilla.

–¿Te he hecho daño? –preguntó él angustiado–. Dime, por favor, que no te he hecho daño.

–Tranquilízate, no me has hecho nada –respondió ella, apartando la mano de la barbilla.

Él pudo ver entonces la señal que le había dejado en la cara. La tocó suavemente con un dedo.

–Lo siento. A veces, tengo pesadillas. Debería habértelo advertido.

–Estabas gritando.

–¿Te he despertado? –dijo él, acariciándole el labio inferior con el dedo.

–No estaba dormida.

Él la miró detenidamente. Llevaba el pelo suelto. Olía a madreselva y jazmín. Le pasó el dedo por el labio superior y luego de nuevo por el inferior.

–¿No podías dormir?

Ella desvió la mirada.

–Supongo que es una de esas noches en que...

–Sí, a mí me pasa lo mismo.

Ella volvió de nuevo los ojos hacia él.

–¿Quieres que te traiga algo de beber? ¿Leche? ¿Chocolate caliente?

–No. Gracias.

–En ese caso, creo que deberías tratar de dormir un poco...

–Quédate... Cuéntame algo. Hazme compañía.

–No creo que eso forme parte de mi trabajo...

–No te estoy pidiendo que te quedes conmigo por eso, sino por otra razón.

–¿Qué otra razón puede haber? –dijo ella, pasándose la punta de la lengua por los labios.

Él se acercó a ella un poco más, hasta quedar su boca a escasos centímetros de la suya.

–Piense en una –dijo él, antes de besarla.

Esa era una buena razón, se dijo ella. No podía pensar en otra mejor para estar en su habitación y en sus brazos.

Raoul la estrechó contra su cuerpo, mientras sus lenguas establecían un duelo sensual lleno de erotismo. Ella sintió el vientre como un flan cuando la besó de forma ardiente y apasionada. Luego se tumbó en la cama sobre ella, apoyándose en los codos para no aplastarla con su peso.

–Sabes maravillosamente bien –dijo él en un susurro.

Lily le devolvió el beso con toda la pasión que había prendido en ella la tarde del picnic. En realidad, se había encendido desde el primer día que se conocieron. Había sido como la atracción magnética existente entre dos polos opuestos. Sentía una desazón que parecía latir y vibrar entre sus piernas. Nunca había sentido su cuerpo tan lleno de vida. Él había despertado, en ella, sensaciones dormidas, haciéndolas estallar como fuegos artificiales.

Raoul cubrió sus pechos con las manos, tocándolos, acariciándolos, jugando con ellos con la promesa de un placer mayor. Sus pezones estaban duros y sensibles, y su carne, hambrienta del contacto cálido y húmedo de su lengua y del roce sensual de sus dientes.

Ella soltó un gemido ahogado cuando él le quitó la camisa del pijama y sintió sus manos en su cuerpo. Se estremeció al sentir su boca cerrándose sobre uno de sus pezones. Se le puso la carne de gallina cuando comenzó a lamerlo con movimientos circulares suaves pero decididos. Su cuerpo se retorció bajo el suyo, en busca de un contacto más íntimo para saciar su deseo.

–No quiero apremiarte.

–No me estás apremiando –replicó ella besándolo una y otra vez–. Deseo esto. Te deseo.

–Al menos, esta vez estoy un poco mejor preparado –dijo él con una sonrisa.

–Cuando estábamos en el lago, pensé que no me deseabas.

Él se apartó unos centímetros para mirarla.

–¿Cómo pudiste pensar eso?

Lily clavó la mirada en el hoyuelo de su barbilla en vez de mirarlo a los ojos.

–Pensé que sería por mis cicatrices. Supongo que no estoy acostumbrada a que los hombres sean tan responsables como para controlarse y pensar en la necesidad de usar alguna protección.

Él le alzó la barbilla con dos dedos.

–No todos los hombres son irresponsables y egoístas, *ma petite*. Y deberías dejar de preocuparte por tus cicatrices. Lo que define a una persona no es su apariencia física ni las cicatrices que tenga o deje de tener, sino su forma de comportarse.

–Has salido siempre con mujeres tan bellas...

–Créeme, algunas eran terriblemente aburridas. Tú, para mí, has sido la más cautivadora e irresistible de todas.

Él la besó de nuevo de forma tan apasionada que le hizo olvidarse de sus inseguridades.

Ella se sentía muy a gusto a su lado. La hacía sentirse viva.

Lily le tocó el pecho, deslizando luego la mano tímidamente por su abdomen liso y duro como el mármol. Sintió cómo se le cortaba el aliento cuando su mano se cerró alrededor de la cabeza de su miembro duro y erecto.

Sentía deseos de seguir explorando su cuerpo. Era tan fuerte y musculoso, y tan... viril. Ella nunca había imaginado que el cuerpo de un hombre pudiera ser tan hermoso. Y menos, esa parte. Acarició la punta con la yema del dedo. Estaba algo húmedo, prueba inequívoca de que estaba ya preparado. Sintió su propia humedad. Estaba tan excitada como él.

–Te deseo dentro de mí...

–Sí, deseo estar dentro de ti.

Ella se estremeció al verlo colocarse el preservativo. Él apoyó los brazos y las piernas para equilibrar el peso sobre ella. Luego le separó suavemente los muslos y dobló una pierna sobre su cadera mientras la besaba tiernamente.

Ella sintió el calor y la dureza de su cuerpo, despertando en ella una sensación sutil pero urgente. Se movió sinuosamente en silencio como dándole permiso. Estaba ardiendo de deseo.

–Pero lo haremos con calma. No tenemos prisa –susurró él de forma sensual junto a sus labios.

Ella arqueó la espalda una vez más, tratando de provocar su posesión. Ella sí tenía prisa. Deseaba sentirlo dentro de ella lo antes posible y que él sintiera la misma urgencia que ella.

Él soltó un gemido gutural y la penetró parcialmente, esperando a que ella se acoplase con él.

–¿Estás bien?

–Te deseo –respondió ella, agarrándole desesperadamente las nalgas con las dos manos–. Ahora.

Él entró un poco más dentro de ella, pero manteniendo el control.

–Será mucho mejor para ti, cuanto más preparada estés.

–Estoy preparada –dijo ella, besándolo con pasión, como si quisiera transmitirle su deseo, mientras apretaba con fuerza los músculos interiores sobre su miembro.

«¡Estoy preparada más que de sobra!», pensó ella.

Él profundizó su empuje, enterrando la cara en su cuello mientras luchaba por no perder el control. Ella se acompasó a su ritmo, gozando de cada movimiento y embriagándose de placer mientras él la estimulaba íntimamente con los dedos para desencadenar su clímax final.

Ella sintió como si se rompiera en mil pedazos. Luego su cuerpo se estremeció en un orgasmo explosivo que la dejó exhausta en sus brazos.

–¿Te ha gustado?

–¡Ufff! –exclamó ella sin poder hablar.

Él le apartó el pelo de la cara y la miró con ternura.

–Has estado fabulosa.

–No, tú has sido el que has estado fabuloso –replicó ella, apuntándole en el pecho con el dedo.

–Esto es cosa de dos, como el tango. Los dos disfrutamos el uno del otro.

–No exactamente –replicó ella, apretando los músculos internos contra su miembro–. Tú no...

–Estoy a punto...

Ella sintió un escalofrío recorriéndole la espalda de arriba abajo al ver la ardiente mirada de sus ojos. Volvió a sentir un cosquilleo interno cuando él empezó a moverse de nuevo dentro de ella con empujes continuos, firmes y vigorosos. No creía posible que pudiera tener otro orgasmo tan seguido del anterior, pero, en cuestión de segundos, estaba flotando de nuevo. Se aferró a su cuerpo con todas sus fuerzas, mientras él enterraba el rostro en su cuello y se adentraba en un camino sin retorno hacia la liberación de su deseo.

Pasó un buen rato antes de que él se separara de ella.

Lily advirtió una cierta expresión de tristeza en su rostro mientras se quitaba el preservativo, sentado al borde de la cama, de espaldas a ella. Se preguntó apesadumbrada si estaría pensando en su ex. ¿Cuántas veces habrían hecho el amor? ¿Cuánto tiempo habrían estado haciéndolo? ¿Estaría él ahora comparándola con ella?

—Creo que ahora debo volver a mi habitación. No quiero que Dominique me sorprenda escabulléndome de tu dormitorio cuando entre por la mañana.

—No te vayas —dijo él.

—¿Quieres que me quede contigo toda la noche?

—No solo esta noche, sino todas las noches, hasta que vuelvas a Londres.

Le estaba ofreciendo una relación. Un *affaire*. Una aventura pasajera.

—Me siento muy halagada, pero...

—Quieres más —dijo él en un tono que no era una pregunta sino una afirmación—. Lo siento, Lily, pero es todo lo que puedo ofrecerte en este momento.

¡Qué ridícula debía de haberle parecido pidiéndole más!, se dijo ella. ¿Cómo podía aspirar a que un hombre como él se enamorase de alguien como ella? Los hombres como Raoul Caffarelli no se enamoraban de tímidas inglesitas mojigatas con cicatrices.

Era una romántica perdida. Él solo estaba ofreciéndole una aventura pasajera porque no quería comprometerse a mantener una relación más sólida hasta que no estuviese recuperado del todo. ¿Podía ella arriesgar su corazón por algo que quizá nunca llegase a nada? Él había mejorado mucho en las dos últimas semanas, pero eso no era garantía de pudiera volver a andar.

Estaba en mucha mejor forma física que cualquiera de los hombres que había conocido. Tenía mucho que ofrecer. No podía considerarse un minusválido solo por su actual limitación física.

¿Por qué él no podía ver eso? Porque era condenadamente intransigente y obstinado. Por eso. Para él, todo era blanco o negro. No había grises, ni matices intermedios.

¿Y si ella le dijera que sí? Estaría con él, al menos,

dos semanas y se llevaría unos recuerdos mucho mejores que los que había tenido hasta ahora. Era un amante apasionado y experto. Atractivo, íntegro y decente. Un compañero ideal. Respetuoso, amable y considerado.

Y lo más importante: estaba enamorada de él. Por eso tenía que decirle que no. Tenía que cortar aquello de raíz. Tendría que estar loca para atreverse a dar ese paso.

–Me quedaré.

Capítulo 12

CÓMO van las cosas con la señorita Archer?
–preguntó Rafe cuando le llamó a los pocos días.
–Bien.

–¿Solo bien?

–Muy bien.

–Así que te entiendes bien con ella, ¿eh?

Raoul no quería entrar en detalles sobre el asunto. Tampoco tenía muy clara su relación con Lily. Todo lo que sabía era que se sentía muy a gusto a su lado. Era amable y cariñosa. Le agradaba verla al despertar cada mañana, frotándose los ojos con esa sonrisa tímida suya, y sentir la tibieza de su cuerpo acurrucado junto al suyo en la cama.

Le encantaba verla dormida.

Parecía la Bella Durmiente, tan pálida y hermosa. Le encantaba la pasión con que respondía a sus caricias. La encontraba ahora mucho más segura de sí misma como amante. Nunca había estado con una mujer que le sorprendiese y le cautivase tanto como ella. Le hacía sentir sensaciones desconocidas hasta entonces. Parecía tener magia en las manos. Estaba seguro de que esa era una de las razones por las que había mejorado tanto su movilidad.

–Me alegro de que te vayan bien las cosas con ella –dijo Rafe, sacándolo de sus pensamientos.

–Sí..., pero, dime, ¿cómo va tu boda?

–¿Por qué cambias de conversación. ¿Ocurre algo?

—No —respondió Raoul, consciente de lo difícil que era engañar a su hermano—. No pasa nada.

—No te estarás acostando con tu fisioterapeuta, ¿no?

—Lily no es mi fisio. Ella es...

—¡Vaya, vaya! Debo confesar que no me lo esperaba. Pensé que no era tu tipo. Comparada con...

—Calla, no sigas, Rafe.

—Vamos, Raoul. A tu edad, no deberías perder el tiempo en aventuras. Deberías ir pensando ya en sentar la cabeza y encontrar a una mujer con la que formar una familia.

—No entra en mis planes actuales enamorarme de nadie.

—Me suena esa frase —dijo Rafe sonriendo—. Yo también decía eso mismo y mira lo que pasó. Caí en el anzuelo y me enamoré como un loco de Poppy. Aún me cuesta creer que la semana que viene vayamos a ser marido y mujer. Pero me siento el hombre más feliz del mundo.

—Me alegro por ti. Pero yo estoy bien así. No esperes que siga tus pasos, al menos, por el momento. Métete con Remy. Él es el que necesita, de verdad, sentar la cabeza.

—¿Ha ido a verte? ¿Te llamó? ¿Te envió algún mensaje o un correo electrónico?

—Vino a verme el día antes de que me trajeses a Lil... a la señorita Archer. No he vuelto a saber más de él desde entonces. ¿Por qué? ¿Le pasa algo?

—No lo sé —respondió Rafe con un tono de preocupación—. Creo que está teniendo algún tipo de enfrentamiento con Henri Marchand por una de sus empresas. He oído que Marchand tiene problemas económicos. Hizo un par de inversiones bastante desafortunadas.

—Cosas de negocios.

—Puede que tengas razón. Solo espero que Remy sepa lo que está haciendo. Está andando por la cuerda floja con los proyectos que se trae entre manos. Ha estado tratando de invertir también en la cadena de hoteles Mappleton. Lleva meses con esas negociaciones. Si lo logra, será un gran éxito. Pero, al parecer, Robert Mappleton es muy conservador. Prueba de ello es que se niega a hacer negocios con Remy porque piensa que lleva una vida demasiado licenciosa.

—Veo a Remy casándose con alguien solo para conseguir cerrar un negocio...

Rafe soltó una carcajada.

—Y hablando de bodas... ¿Vas a venir a la mía?

—No sé si mis caballos me dejarán. No saben estar sin mí.

Lily estaba en el jardín, recogiendo flores, cuando Raoul apareció. Venía en la silla de ruedas, pero había estado de pie más de un minuto esa mañana en el gimnasio. Había dado tres pasos. Cuatro, contando el que tenía que dar para agarrarse a las barras. Había sido todo un hito en su rehabilitación. Aún era pronto para decir nada, pero ella era razonablemente optimista.

Parecía cansado, sin embargo. Se le notaba en la cara. Aún sentía dolores, pero él se negaba a tomar ningún medicamento. No dormía bien. Ella se despertaba a menudo por la noche y lo encontraba mirándola con el ceño fruncido. ¿Sería por el dolor?, se preguntaba ella. ¿O porque se sentía decepcionado al ver que ella no era la mujer que esperaba encontrar en la cama?

—¿Me deseas?

—Siempre —respondió él con una sonrisa llena de sensualidad.

¿Siempre? Era una respuesta retórica. Lo que pudiera haber entre ellos tenía fecha de caducidad. Terminaría en unos días. Ya estaba resignada. Regresaría a Londres y no lo volvería a ver.

Sintió una puntada dolorosa en el corazón.

—Dominique lo sabe.

—¿Qué sabe? ¿Que te deseo?

—Que me has tenido —rectificó ella con cara de reproche—. Se ha dado cuenta de que la cama de mi habitación lleva intacta más de una semana.

—¿Y eso te molesta?

—Por supuesto que me molesta. No soy ninguna criada que sube a hurtadillas las escaleras de la casa para que el señor le haga unas cuantas cosquillas y le dé unas palmaditas en el trasero. Me siento... incómoda. Humillada. Avergonzada.

—¿Por qué?

Lily dejó las rosas en la cesta que llevaba del brazo.

—Dominique cree que esto es un cuento de hadas. Deberías hablar con ella y decirle la verdad.

—No tengo por qué dar explicaciones al personal del servicio —replicó él muy serio.

—Está bien. Pero no iré a la boda contigo. Creo que eso sería llevar las cosas demasiado lejos.

—Quiero que vayas conmigo —dijo él muy serio.

—¿Para qué? ¿Para poder demostrar así a todos que has superado lo de Clarissa?

—Esto no tiene nada que ver con ella.

—Todo tiene que ver con ella. Tú no estás preparado aún para una relación.

—Ya lo tengo todo dispuesto —dijo él con la mandíbula apretada—. No puedes dejar dc ir.

—No tengo nada que ponerme.

—No te preocupes. He pensado también en eso.

—¿Me has comprado ropa? ¿Es eso lo que has hecho? ¿Cómo has podido...? Me haces sentir como si fuera una especie de amante mantenida?

—Tú no eres mi amante —dijo él con una mirada tan dura como el diamante.

–No, por supuesto que no. Solo soy tu fisioterapeuta con derecho a cama.

–Me niego a seguir con esta conversación.

–Está bien –dijo ella, tomando una rosa de la cesta–. Como quieras.

–¿Qué te ocurre? ¿Por qué te has vuelto tan... hostil, de repente? Sabías lo que iba a pasar. Nunca te prometí nada.

Lily volvió a dejar la rosa en la cesta. Los pétalos de terciopelo y las espinas puntiagudas eran todo un símbolo de lo que era el amor: hermoso, pero terriblemente doloroso.

No, él no le había hecho ninguna promesa. Ella era la que se había hecho ilusiones. Un par de veces lo había sorprendido mirándola cuando creía que estaba dormida. Había visto tal expresión de ternura y anhelo en sus ojos que había llegado a pensar que podría abrirse a ella. Pero estaba equivocada. Claramente.

–No, tienes razón.

–No nos enfademos ahora, Lily. Ahora no. Por favor...

Lily trató de reflexionar. ¿Para qué estaba echando a perder sus últimas horas discutiendo con él? Ya sabía lo testarudo que era.

La iglesia de Oxfordshire estaba llena de flores. Raoul tuvo que armarse de valor mientras avanzaba por el pasillo del templo en su silla de ruedas. Le recordaba el funeral de sus padres. El mismo olor empalagoso e insoportable. Gracias a Dios, no había un coro cantando.

Vio de soslayo a Lily sentada en uno de los bancos. Ella le dirigió una tímida sonrisa que caló en su corazón. Sintió un dolor agudo como si le estuvieran quitando los puntos de una herida profunda. Llevaba el traje de diseño que él le había comprado. No estaba

muy seguro de si le sentaba bien o no. Él, personal-
mente, la prefería sin ropa, pero esa era solo su opinión.
Se trataba de un vestido rosa que se ajustaba a su esbelta figura como un guante. Llevaba el pelo recogido
en un elegante moño en la parte superior de la cabeza y
se había puesto un poco de maquillaje que resaltaba su
cutis de porcelana, sus majestuosos pómulos y el azul
de sus ojos.

Rafe estaba de pie en el altar, esperando a la novia.
Parecía algo nervioso. Remy no había llegado aún y nadie sabía dónde estaba. Algo muy propio de él.

—¿Cómo estás? —preguntó Rafe a Raoul cuando llegó
a su lado.

—Dadas las circunstancias, creo que eso debía pre-
guntártelo yo.

—Estoy algo nervioso —dijo Rafe, tragando saliva y
girando la cabeza hacia la entrada del templo.

—No hace falta que lo digas.

—¿Se me nota mucho?

—Sí, no haces más que tirarte de la manga izquierda.

Remy apareció de repente, ajustándose la pajarita
mientras avanzaba por el pasillo hacia el altar.

—¿Me estabais esperando?

—Me alegro de que hayas podido venir —dijo Rafe.

—Hola, Raoul, te veo muy bien —dijo Remy con una
de sus encantadoras sonrisas—. ¿Ya andas?

—Casi, casi —respondió él, con una sonrisa que era
más bien un rictus amargo.

El organista comenzó a tocar el célebre *Canon en re
mayor* de Pachelbel.

—Aquí llega la novia —dijo Rafe con la voz velada
por la emoción.

Raoul miró a Poppy. Avanzaba lentamente por el pasillo como flotando en su vestido de novia. Solo tenía
ojos para Rafe. Estaba radiante. De amor. Raoul sintió
una cierta desazón en el pecho. ¿Vería él alguna vez a

una mujer acercándose a él con esa misma expresión de amor?

—Queridos hermanos, estamos aquí reunidos...

Las fórmulas rituales fueron una tortura.

Prometo amarte y respetarte. En las alegrías y en las penas. En la salud y en la enfermedad.

¿Se daba cuenta su hermano de lo que estaba prometiendo? ¿Y Poppy? No podía exigirse a una persona hacer una promesa como esa, atándose de por vida a otra, sin saber lo que el futuro podía depararle. La vida podía ser muy cruel y dar sorpresas muy desagradables. Él había sido víctima de una. Y aún se estaba recuperando de ella.

¿Podía él pedirle a alguien como Lily que estuviese junto a él toda la vida? Él no sabía cómo estaría dentro de una semana o de dos. ¿Cómo iba a exigir que alguien se comprometiese con él para toda la vida? Sería injusto atarla y esclavizarla en esas condiciones.

—Puede besar a la novia.

Raoul se agarró con fuerza a los brazos de su silla de ruedas. Sus manos parecían las garras de un ave rapaz. Pero estaba feliz por su hermano. Rafe era un buen hermano. Se merecía ser feliz.

Miró a los novios. Rafe estaba sonriendo como si le hubiera tocado la lotería. Poppy estaba tan radiante y reflejaba tanto amor que Raoul sintió envidia de ellos.

Deseaba que alguien lo amase así.

¿Podría Lily amarlo de esa forma? ¿Podría él correr el riesgo de averiguarlo?

Los asistentes a la ceremonia estallaron en aplausos cuando los novios comenzaron a desfilar por el pasillo de la nave central ahora ya como marido y mujer.

Raoul sintió todas las miradas puestas en él cuando siguió, en su silla de ruedas, a la comitiva de los novios. Los paparazzi entraron en acción. Las cámaras comenzaron a disparar sus flashes como si fuera una andanada de artillería. Su foto aparecería al día siguiente publicada en los periódicos del país y de media Europa. Se sintió furioso al pensarlo. ¿Cómo demonios podía habérsele ocurrido la idea de ir allí? Remy podría haber hecho de padrino igual que él. En realidad, mejor. Al menos, podría haber estado de pie durante toda la ceremonia.

Miró a Lily de soslayo al llegar a su altura. Se estaba mordiendo un labio y parecía preocupada.

No debía haber cruzado nunca aquella línea roja con ella, pero no había sido capaz de evitarlo. Le había cautivado su vitalidad, su energía, la forma en que defendía sus ideas y se enfrentaba a él a pesar de sus reticencias y reservas iniciales.

Hablaría con ella después y le preguntaría si podría amarlo así. Si lo amaba así.

—No sabes las ganas que tenía de conocerte —dijo Poppy a Lily, dándole un abrazo—. Rafe me ha contado el trabajo tan encomiable que estás haciendo con Raoul.

—No es para tanto —replicó Lily con cierto rubor.

—Ha mejorado mucho. No sabes cuánto significa para nosotros poder tenerle aquí. Creíamos que no vendría a la boda. Se mostraba tan obstinado...

—Sí. Puede llegar a ser muy testarudo cuando se le mete una cosa en la cabeza.

—Es un Caffarelli, no puede negarlo —dijo Poppy con una mirada de complicidad—. Créeme, lo sé por experiencia. ¿Has conocido al abuelo Vittorio?

—No, lo vi en la ceremonia, pero no hablé con él.

—Ni se te ocurra acercarte a él. Es un ogro. Yo me asusto cuando lo veo —dijo Poppy, y luego añadió con una amplia sonrisa al ver acercarse a Rafe—: Hola, cariño.

—Hola, *ma chérie* —replicó él, plantándole un beso en

la boca–. ¿Es hora ya de irse? Por favor, dime que sí. Me duelen todos los músculos de la cara de tanto sonreír.

Poppy soltó una carcajada y le agarró del brazo.

–No vamos a ir a ninguna parte hasta que hayamos bailado nuestro vals. Creo que ya oigo a la orquesta afinando.

Raoul estaba tomando su tercera copa de vino cuando comenzó el vals. No pretendía emborracharse, ni siquiera ponerse un poco alegre. No estaba tratando de ocultar su dolor. Solo quería aislarse de tantas caras sonrientes. Todo el mundo parecía radiante de felicidad.

Rafe y Poppy estaban bailando. Se veía que estaban muy bien compenetrados. Parecían poesía en movimiento. Rafe, tan fuerte y equilibrado. Poppy, tan femenina y delicada.

Él, en cambio, nunca podría bailar un vals nupcial. Sintió como si una piedra le hubiera golpeado de repente en el pecho, haciéndole casi doblarse de dolor.

No había sido capaz de ser un buen padrino de boda. ¿Cómo podía ser un buen novio?

Decidió alejarse de la pista de baile en su silla de ruedas. Escuchó entonces a dos mujeres hablando detrás de una columna.

–¿Es esa joven delgada del pelo negro la nueva amante de Raoul Caffarelli?

–No se parece en nada a la de antes.

–He oído que es su fisioterapeuta. Él ha salido a su abuelo. Se parece a él mas que sus otros hermanos, ¿no crees?

–Sí. Hasta he oído que se acuesta con ella. Lo mismo que hacía Vittorio. Aunque no nos engañemos, esa chica a lo que va es a por su dinero. Porque él es muy guapo y todo eso, pero ¿qué mujer estaría dispuesta a pasar el resto de su vida empujando una silla de ruedas?

Raoul sintió ahora una punzada aguda en el estómago y un sudor frío corriéndole por la frente.

–Además, a saber si aún puede hacer algo en la cama...

Las dos mujeres se echaron a reír de forma irreverente. Raoul sintió que se ponía enfermo.

–Pues si te digo la verdad, a mí, no me importaría, a cambio de estar casada con un hombre rico. Tendría todo el dinero que quisiera, joyas, ropa de diseño y podría disfrutar de unas vacaciones de lujo. Por no hablar de ese castillo tan maravilloso que tiene en Francia. ¡Menuda vida!

–Sí, tienes razón –dijo la otra mujer–. No es de extrañar que esa joven le haya echado el ojo y no quiera soltarlo. Pero él siempre tendrá la duda de si ella quiere casarse con él por amor o solo por su dinero. Aunque, a lo mejor, eso, a él, no le importa. Cuando uno está discapacitado, es mejor tener al lado a una persona que te cuide. Pero me da pena. Siempre he pensado que era el mejor de los tres hermanos.

Raoul se alejó de allí disgustado. Ya estaba ocurriendo lo que se temía. Habían comenzado los rumores y las conjeturas. Y todo sería mucho peor cuando la prensa publicase las fotos de la ceremonia. La tragedia de la discapacidad: el hermano inválido e impotente.

Remy se acercó pavoneándose con un vaso de whisky en la mano.

–Te has perdido a los novios bailando su primer vals de casados... ¿Te ocurre algo?

Raoul le dirigió una mirada que habría derribado a un árbol milenario.

–Por lo que veo, tú tampoco estás bailando. ¿No has echado aún el ojo a nadie?

–Sí, a una de las damas de honor. Creo que se llama Chloe, pero Poppy la ha prevenido contra mí. Así que me he quedado con las ganas.

–No sabes cómo lo siento.

Remy se echó a reír.

–¿Y a ti? ¿Cómo te van las cosas con tu fisiotera-peuta?

–No es mi fisioterapeuta.

–Calma, hermano –dijo Remy, echándose hacia atrás, como si Raoul se hubiera abalanzado, de repente, sobre él con una espada–. ¿He dicho alguna inconve-niencia?

–Va a volver a Londres pasado mañana.

–¿Por qué?

–Porque ha terminado su contrato.

–Pero te ha ayudado mucho. No habrías mejorado tanto con ninguna otra persona. Has estado cuatro se-manas con ella y ya casi puedes andar. ¿Cómo puedes dejar que se vaya ahora?

–Que pueda sostenerme en pie medio minuto no sig-nifica que pueda andar –dijo Raoul secamente–. De he-cho, es posible que nunca pueda volver a caminar.

–Eso nadie lo sabe. Como dicen los médicos, lo mismo puede ser cosa de semanas que de años.

–Ese es el problema. Yo no puedo esperar tanto.

–¿Y por eso vas a despedirla?

–Ya no tiene nada que ofrecerme.

–Dominique y Etienne no opinan lo mismo.

–Por favor, no me digas que has estado cotilleando con el personal de servicio. Parece que todo el mundo se dedica ahora a chismorrear sobre mí.

–No te refieras a ellos como a simples criados, son como de la familia. Se preocupan por ti.

–No se les paga para eso.

–Tampoco a Lily Archer, y, sin embargo, se preo-cupa mucho por ti.

–¿Qué sabrás tú? –dijo Raoul–. Apenas la conoces.

–Pero he hablado con personas que la conocen muy bien. Ella es como Poppy, afable, dulce y generosa. No puedo creer que seas tan tonto como para dejar a una mujer así. Vas a romperle el corazón. Piénsalo bien antes de hacerlo.

Raoul soltó una carcajada cínica.

—No puedo creer que seas tú precisamente el que me esté sermoneando por eso. No recuerdo que hayas estado nunca más de una semana con la misma mujer. Eso significa que rompes una media de cincuenta y dos corazones al año.

—No estamos hablando ahora de mí, sino de ti —replicó Remy con cara de pocos amigos.

—Sé lo que estoy haciendo.

—Sí. Todos creemos que sabemos lo que estamos haciendo.

Raoul miró detenidamente a su hermano menor durante unos segundos.

—¿Te van bien las cosas, Remy?

—Claro —respondió él con una sonrisa algo forzada—. Todo va muy bien.

—Rafe me dijo que andas en negociaciones con Henri Marchand.

—Lo tengo todo controlado.

—¿Seguro?

—Seguro.

Raoul no estaba tan seguro. Notaba a su hermano preocupado. Henri Marchand era un hombre astuto, despiadado e intrigante. Sería capaz de vender a su abuela por dinero. El único pariente cercano que tenía era su hija, Angelique, y solo Dios sabía el precio por el que sería capaz también de venderla. Solo esperaba que Remy no fuera el que tuviera que pagarlo.

—Si alguna vez necesitas...

Remy chocó la mano con la de su hermano a modo de despedida.

—Gracias, Raoul. Te dejo. Tengo que ver a algunas personas y cerrar algunos asuntos.

–¿No te vas a quedar al lanzamiento del ramo de la novia?

–Eso no va conmigo –dijo Remy, dándole a su hermano un palmadita cariñosa en el hombro–. Tú eres el siguiente en la lista. *Ciao*.

Cuando Lily regresó a la sala después de refrescarse un poco en el servicio, vio cómo la gente se empujaba para tener una buena posición cuando la novia lanzase el ramo. Ella se quedó discretamente en la parte de atrás, simulando un desinterés que estaba lejos de sentir, pues le habría encantado meterse entre la multitud para agarrar el ramo al vuelo. Era una tradición.

Contempló el lanzamiento desde el fondo, Se sentía fuera de lugar, desplazada, sola.

–¡Lo tengo!

–¡No, es mío!

–¡Apártate, gorda! ¡Es mío!

Lily se hizo a un lado al ver venirse encima a un grupo de mujeres. Levantó las manos para protegerse la cara y de repente se encontró con el ramo de flores.

Todos los ojos de las mujeres se posaron en ella. Comenzó a recibir aplausos y vítores.

–Esto no es para mí. Disculpe –dijo Lily, entregando el ramo a la mujer que tenía más cerca.

Se dirigía a la salida cuando se cruzó con Raoul. Su expresión era oscura y melancólica.

–¿Lo hiciste a propósito?

–¿Perdón? –replicó ella, sintiendo un aleteo nervioso en el estómago.

–El ramo de novia. Viniste a la fiesta, para eso, ¿verdad?

–¿No sé de qué me estás hablando? –dijo ella sorprendida.

–¿No, verdad? Pensaste que tomando el ramo de la

novia conseguirías que te pidiera que te casases conmigo, aprovechando que toda la gente estaba mirándote y aplaudiéndote.

–¿Qué?

–No lo vas a conseguir, Lily. No te voy a pedir que te quedes conmigo. Olvídate de eso. Lo único que te voy a pedir es que te marches.

Ella apenas podía hablar por el dolor que le causaban sus palabras. Estaba indignada.

–¿Quieres que me vaya? ¿Ahora?

–Sería una estupidez regresar a Francia ahora solo para un par de días. Tu contrato ha terminado.

Lily sintió un nudo en la garganta. Su orgullo le impedía demostrar lo ofendida que se sentía por la forma tan humillante en que la estaba despidiendo. Podría haberlo hecho de otra manera. Dándole alguna esperanza. Dejando alguna puerta abierta.

Pero no, había cortado por lo sano. Había roto con ella de forma definitiva.

–Está bien... Supongo que esto es un adiós.

–Sí –respondió él, secamente.

Lily le dirigió una última sonrisa, tratando de aparentar serenidad para que él no se diese cuenta de que le estaba partiendo el corazón en mil pedazos.

–Creo que eres una persona encantadora, Raoul. Espero que te mejores y consigas volver a andar como antes. Pero, incluso, si no lo logras, quiero que sepas que hay un montón de mujeres decentes e íntegras que se sentirían muy felices de compartir su vida contigo.

Ella vio un cierto brillo en su mirada. Contuvo la respiración, atisbando un rayo de esperanza.

Se hizo un silencio tenso y prolongado...

Pero entonces su expresión volvió a cubrirse con una máscara impenetrable.

–Adiós, Lily.

Capítulo 13

SABE algo de los recién casados? –preguntó Dominique a Raoul, mientras le servía el café dos semanas después.

–Volvieron ayer de las Barbados.

–¿Y de la señorita Archer?

–No. ¿Por qué había de saberlo? –respondió él con los dientes apretados–. Solo soy su paciente. Su contrato conmigo ha terminado. Hizo todo lo que pudo, pero no fue suficiente.

Dominique frunció el ceño pensativa.

–El amor es algo misterioso. Puede presentarse de golpe como un flechazo o entrar de forma suave y a hurtadillas. Pero lo que nunca se debe hacer es darle la espalda. Puede que no se presente otra oportunidad.

–¿Es esto una forma velada de decir que quiere dejarnos? –preguntó él con expresión amarga–. Creí que quería seguir trabajando con nosotros hasta los sesenta.

–Usted la ama, señor. Lo sé. Soy francesa y sé como son estas cosas.

–Usted es mi ama de llaves, no mi consejera espiritual. No la pago para que se meta en mi vida privada.

–La señorita Archer no se fija en la silla de ruedas cuando está con usted. Solo ve al hombre que es, igual que usted la ve a ella sin sus cicatrices.

Raoul sintió que se le ponía un nudo en la garganta. Había estado luchando durante días contra su soledad. El castillo se le hacía una prisión sin Lily. Los días, demasiado largos. Y las noches, aún más. Pero ¿cómo iba a pedirle que se quedase con él? No podía pedirle que se convirtiera en su esclava para toda la vida.

Pero, tal vez, el amor era eso. Compromiso. Sacrificio. Dedicación.

Había sentido pánico al ver a Lily con el ramo de novia. Y había hecho lo que siempre hacía cuando se sentía acorralado: dar un paso atrás. Comportarse como un cobarde.

Pero la deseaba. La deseaba con toda su alma. Deseaba tener su cariño, su ternura, su lealtad. Y formar una familia con ella: tener hijos.

La tenía metida en la médula de los huesos, pero sentía que podría arruinarle la vida si le pedía que se casara con él.

Pero ¿y si conocía a otro hombre?

Sintió que se le revolvían las tripas solo de pensar que otro hombre pudiera hacer el amor con ella. Alguien rudo y egoísta, sin la sensibilidad necesaria para comprender sus cicatrices. Un hombre que acabaría destruyendo su autoestima y su confianza en sí misma. Volvería a ser la chica tímida y esquiva que se escondía bajo aquellos sayos que tan poco la favorecían.

La amaba. Por supuesto que la amaba. Se había enamorado de ella desde el primer día que la besó. Algo había cambiado dentro de él y ya no podía dar marcha atrás. Hacer el amor con ella le había dejado marcado de por vida.

La amaba y siempre la amaría. En silla de ruedas o sin ella.

¿Era ya demasiado tarde para pedírselo? ¿Sería ella capaz de perdonarlo por haberla despedido de esa forma tan humillante? Todos los invitados habían estado observándolos. No podría haber elegido peor lugar para romper con ella. ¿Sería esa la razón por la que ella se había mantenido tan serena, sin perder el control? ¿Le habría roto el corazón tal como Remy le había advertido?

–Me voy a Londres unos días.

–Ya le tengo preparado el equipaje –replicó Dominique con una sonrisa.

–¿Cómo es eso? –exclamó él, tratando de aparentar enfado pero sin conseguirlo.

–Lo tengo preparado desde hace dos semanas. Sabía que al final se avendría a razones. Usted es el hombre que Lily necesita. Ella no podrá ser feliz sin usted. Y usted tampoco sin ella.

Lily estaba archivando unos documentos cuando Valerie entró en su despacho.

–Deberías haberte marchado hace una hora. Haces demasiadas horas extras. Vas a acabar agotada con tanto trabajo.

–Me siento a gusto trabajando –replicó Lily, cerrando el cajón.

–¿Te ha llamado?

–¿A quién te refieres? –dijo Lily, poniéndose a la defensiva.

–Lo sabes muy bien.

–No. Es demasiado obstinado para eso. Una vez que toma una decisión, nunca se vuelve atrás.

–Ha tenido una influencia muy buena en tu vida, Lily. He visto el cambio que se ha producido en ti, en tu forma de vestir, en tu pelo, en ese ligero toque de maquillaje. Estás espléndida.

–Gracias –dijo Lily con una amarga sonrisa.

–Está bien, me voy a casa –dijo Valerie–. Es viernes y ha sido una semana muy dura.

Sí, la semana había sido dura, pensó Lily. Igual que lo sería el resto de su vida.

Lily se fue a casa paseando a pesar de que los fríos primeros del otoño habían hecho ya acto de presencia.

Era, para ella, otra manera más de pasar el tiempo. Le llevaría un hora llegar a su casa, pero prefería hacer algo de ejercicio. Le resultaba relajante poner un pie delante de otro sin tener que pensar en nada. Era un descanso para la mente. Pero no podía dejar de pensar en Raoul. Era como si lo llevase grabado en la frente.

A veces, incluso, se imaginaba que lo veía. Dos días atrás, había visto a un hombre de pelo negro en una silla de ruedas en Piccadilly Circus. Se había acercado a él con el corazón palpitando, pero había visto que se trataba de otra persona.

¿Iba a ser siempre así su vida? ¿Deseando que se le apareciera mágicamente en algún lugar?

—Lily.

¿Se estaba volviendo loca o estaba oyendo su voz?

Sí. Loca. Loca de amor.

—Lily. Espera.

Se dio la vuelta y vio a Raoul, acercándose a ella. El corazón le dio un vuelco. No. No podía ser él. Debía de estar soñando. Estaba en su silla de ruedas, pero llevaba un par de muletas a los lados.

—Raoul.... —dijo ella apenas en un susurro de voz.

Estaba tan atractivo como siempre. Aunque le veía algo cansado. Se había cortado el pelo para la boda, pero ahora lo tenía como si se hubiera peinado con los dedos.

—Supongo que esperarías a un príncipe azul montado en un caballo blanco. Así es como pasa en los cuentos de hadas, ¿no? —dijo él con una sonrisa—. Creo que no he leído un solo cuento ni una novela en que el chico se aparezca a la chica en una silla de ruedas.

Lily creyó ver un pequeño rayo de esperanza en esas palabras.

—No, pero eso no quiere decir nada. En un cuento de hadas, puede pasar cualquier cosa.

Ella vio un brillo especial en su mirada y tuvo la sensación de que se le había olvidado respirar.

—¿Podrás perdonarme por decirte que te marcharas de la forma en que lo hice?

—¿Te estás disculpando conmigo?

—Supongo que sí. ¿Qué me dices?

—Te perdono.

Él dejó escapar un suspiro, como si se hubiese librado de un gran peso que llevara encima.

—Fue una reacción indigna por mi parte. Lo reconozco. Es una mala costumbre que tengo desde pequeño. Alejar a las personas y hacerles daño, antes de que ellas me lo hagan a mí. Es patético. Es algo que necesito corregir.

—A mí me pasa, también —dijo ella suavemente.

—Me entró pánico en la boda. Vi a toda esa gente mirándonos. Había escuchado antes, por casualidad, a dos mujeres diciendo cosas terribles de nosotros. No podía quitármelas de la cabeza. No podía soportar la idea de que la gente pensase que estabas conmigo por lástima. Y, cuando te vi con el ramo, me cegué. Fue como un acto reflejo.

—No lo hice a propósito —replicó ella—. Estaba tratando de apartarme de allí, pero apareció en mis manos como caído del cielo.

—Como el amor, *oui?* Sé de buena fuente que puede presentarse de golpe como un flechazo o entrar de forma suave y a hurtadillas. Creo que, en nuestro caso, ha sido de ambas maneras.

El rayo de esperanza parecía ir agrandándose por momentos en el corazón de Lily.

—¿Qué quieres decir con eso?

—Que te amo. No he dicho nunca eso a nadie más que a mis padres.

Ella sintió que los ojos se le llenaban de lágrimas. Se dejó caer de rodillas delante de él y, abrazada a sus piernas, hundió la cabeza en su pecho.

—Yo también te amo.

Raoul le acarició la cabeza, mientras la apretaba contra su corazón.

—Esto cada vez se parece menos a un cuento de hadas. Yo soy el que se suponía que debía estar ahora arrodillado frente a ti.

—No me puedo creer aún que estés aquí –dijo ella, alzando la cabeza–. Tengo la impresión de que voy a despertarme en cualquier momento y descubrir que todo ha sido un sueño.

—Tú eres mi sueño, *ma petite*. Un sueño hecho realidad –replicó él, acariciándole la mejilla–. Sé que no tengo madera de esposo ideal. No sé si sabré sacar la basura por la noche y cambiar las bombillas cuando se fundan. Pero ¿quieres casarte conmigo?

—Sí –contestó ella entre sollozos, abrazándolo con fuerza–. Sí. Sí. Sí.

—Eres lo mejor que me ha pasado en la vida. He odiado cada minuto que llevo en esta silla, pero, si yo no hubiera sido por ella, nunca te habría conocido. No quiero ni imaginar lo horrible que habría sido mi vida sin ti. Físicamente, estaba en buenas condiciones, pero, emocionalmente, estaba incapacitado. Tú me has hecho ver lo importante que es la parte emocional y afectiva –dijo él, limpiándose los ojos con el dorso de la mano–. Mira, incluso soy capaz de llorar.

Lily lo besó tiernamente hasta secar sus lágrimas a besos.

—Te amo. Te amo. Te amo.

Él le acarició las mejillas y la miró profundamente con sus ojos llenos de luz y vida.

—Aún no puedo llevarte en brazos a la cama, pero ¿crees que podrías posarte en mi regazo?

Lily se incorporó, se sentó en su regazo y le rodeó el cuello con los brazos.

–¿Vamos a cabalgar hacia el horizonte como en el final de las películas románticas?

–Puedes darlo por seguro –respondió él muy sonriente–. Espera un poco, *ma chérie,* y verás lo excitante que resulta el paseo.

Bianca

Jamás se había sometido a nadie, y menos a una mujer

La sangre latina que ardía
en las venas del campeón
de polo Nero Caracas lo im-
pulsaba a conseguir todo
aquello que quería.

Bella Wheeler había seguido los pasos de su padre
como adiestradora de caballos. Pero el vergonzoso le-
gado de su progenitor la
obligaba a adoptar una postura estrictamente profesional y no intimar con nadie.
Sin embargo, había dos cosas que Nero anhelaba de
aquella mujer hermosa y al-
tanera... el mejor caballo del
mundo y el cuerpo puro e
inmaculado que se ocultaba
bajo la coraza de hielo.

El jinete argentino

Susan Stephens

Acepte 2 de nuestras mejores novelas de amor GRATIS

¡Y reciba un regalo sorpresa!

Oferta especial de tiempo limitado

Rellene el cupón y envíelo a
Harlequin Reader Service®
3010 Walden Ave.
P.O. Box 1867
Buffalo, N.Y. 14240-1867

¡Sí! Por favor, envíenme 2 novelas de amor de Harlequin (1 Bianca® y 1 Deseo®) gratis, más el regalo sorpresa. Luego remítanme 4 novelas nuevas todos los meses, las cuales recibiré mucho antes de que aparezcan en librerías, y factúrenme al bajo precio de $3,24 cada una, más $0,25 por envío e impuesto de ventas, si corresponde*. Este es el precio total, y es un ahorro de casi el 20% sobre el precio de portada. !Una oferta excelente! Entiendo que el hecho de aceptar estos libros y el regalo no me obliga en forma alguna a la compra de libros adicionales. Y también que puedo devolver cualquier envío y cancelar en cualquier momento. Aún si decido no comprar ningún otro libro de Harlequin, los 2 libros gratis y el regalo sorpresa son míos para siempre.

416 LBN DU7N

Nombre y apellido	(Por favor, letra de molde)

Dirección	Apartamento No.

Ciudad	Estado	Zona postal

Esta oferta se limita a un pedido por hogar y no está disponible para los subscriptores actuales de Deseo® y Bianca®.
*Los términos y precios quedan sujetos a cambios sin aviso previo.
Impuestos de ventas aplican en N.Y.

SPN-03   ©2003 Harlequin Enterprises Limited

BELLEZA DESCUBIERTA

ANDREA LAURENCE

El director ejecutivo Brody Eden era un hombre solitario y taciturno que tenía secretos que se negaba a desvelar a nadie, hasta que conoció a su nueva asistente, Samantha Davis. Ella era la tentación personificada.

Samantha nunca había conocido a un hombre tan reservado y atractivo como Brody. No quería enamorarse de su jefe, pero él tenía algo especial; bajo sus hoscos modales se percibía ternura y una intensa pasión a la espera de ser liberada. Y ella deseaba ser quien se metiera en su guarida… y en su cama.

Haría lo posible por llegar a su corazón

Bianca

La pasión no podía borrar el doloroso pasado que les había separado

Xenon Kanellis no estaba acostumbrado al fracaso y, desde luego, no era un hombre que aceptara el divorcio. Por tanto, cuando se le presentó la oportunidad de recuperar a su esposa y rehacer su matrimonio, no la desaprovechó.

Lexi Kanellis necesitaba la ayuda de su esposo, del que estaba separada, aunque ello supusiera representar el papel de buena esposa durante un par de semanas.

El sol de la isla de Rodas no era nada comparado con la ardiente pasión que crepitaba entre los dos...

Reconciliación en Grecia

Sharon Kendrick